典藏版

千古风流人物词传

落花流水春归去

李煜词传

谭慧/著

千古词帝，
本是莲峰一隐者，偏生人间帝王家。
故国不堪回首的悲吟，
一江春水向东流的绝唱。

华龄出版社

责任编辑：林欣雨
责任印制：李未圻
封面设计：颜　森

图书在版编目（CIP）数据

落花流水春归去：李煜词传 / 谭慧著. --北京：华龄出版社，2017.2
ISBN 978-7-5169-0898-3

Ⅰ. ①落… Ⅱ. ①谭… Ⅲ. ①李煜（937–978）– 词（文学）– 文学欣赏 Ⅳ. ①I207.23

中国版本图书馆CIP数据核字（2017）第041031号

书　　名：落花流水春归去：李煜词传
作　　者：谭慧　著
出版发行：华龄出版社
印　　刷：北京佳顺印务有限公司
版　　次：2017年7月第1版　　2017年7月第1次印刷
开　　本：850 × 1168　1/32　　印　　张：6
字　　数：120千字
定　　价：25.00元

地　　址：北京市朝阳区东大桥斜街4号　　邮编：100020
电　　话：84044445（发行部）　　传真：84049572
网　　址：http://www.hualingpress.com
（如出现印装质量问题，调换联系电话：010–82865588）

春花秋月，往事堪怜

他是才子，是帝王，亦是亡国之君。

后人的纸笔间，总有他洒脱俊朗的身影，有他坎坷波折的一生，有他的疏狂，有他的悲凉。

其实一直以来，他始终在历史的某个角落，用耀眼的光晕，驱散四周的黑暗，让我们得以看到昏黄月光下，那个“待踏马蹄清夜月”的他，那个“无言独上西楼”的他。江南的春光秋色和山山水水中，他用一段感人至深而又悲怆至极的故事，书写完自己的人生。

算来一梦浮生。然而，千百年来，仍有无数后人，深陷在他传奇跌宕的人生故事中。

他，便是南唐后主李煜。

本是莲峰一隐者，偏生人间帝王家。一个才情横溢的少年郎，却背负着南唐家国的沉重期望。

往昔的单纯与美好转瞬即逝，眼前的繁华与喧嚣越发缥缈。他在如梦如幻的人生里，以诗文为命，览尽繁华，看遍破碎，以泪书情。最终，一切来了又走，得到所有，再全被掏空。

从开始的储位之争，到后来的南唐遭伐，再到沦落为俘，他只求于乱世中舞文弄墨，看尽世间百态，却终究逃不过宿命的劫。

国破家亡，仓皇辞庙，他完成了身为皇帝最后的仪式。从此，昨日的车如流水马如龙，成为心底残缺的江南旧梦。

夜犹未绝。在清秋微凉的风里，他独自伫立，绝美的月光照着他和南唐。梦中的南唐，仍是一派繁荣。然而咫尺天涯，却是无法逾越的距离。暗淡的弯月，勾勒出一晌贪欢；明灭的残烛，摇曳出无限怅惘。梧桐深院，锁不住凄凉；故国朱楼，已遥不可望。

支离破碎的故国，支离破碎的心。青山梦远，归程无期。

公元978年七月初七，玉楼佳宴，缓歌曼舞，那是他四十二岁的庆生宴。唱曲仍然婉转，舞姿依旧缠绵，美酒却变了模样。端起那杯酒，他闭上双眼，仿佛回到了故国，回到了“凤阁龙楼连霄汉，玉树琼枝作烟萝”的宫殿，回到了“车如流水马如龙，花月正春风”的江南，回到了“笙箫吹断水云闲，重按霓裳歌遍彻”的欢愉时光。他扬起嘴角，饮尽鸩毒。牵机药在他的胃里燃烧成海，焚烧五脏六腑。回思，看打翻的案几，那未干的墨迹依然静静停留在纸上，停留在那年七夕，停留在他的生命里。

生于七夕，逝于七夕。故国不堪回首的悲吟，一江春水向东流的绝唱，跨越时光，延续千年。岁月湮灭一切，尘封过往，徒留满目荒凉。

“作个才人真绝代，可怜薄命作君王。”郭磨寥寥数语，已勾勒出李煜悲情的一生。他辜负了江山，亦被江山所误。究其一生，奢华安逸有之，悲凉落魄亦有之。然而，沦落为俘的他虽过着寄人篱下的悲惨生活，却仍能在辞藻间不经意流露出华贵之姿。正如王国维所说：“词至李后主而眼界始大，感慨遂深，遂变伶工之词而为士大夫之词。”

至此，一个孱弱无能的亡国之君消失在历史烟尘中，一代盖世词主却流芳千古。字字血泪，句句锥心。再无花间习气，再无柔靡之音，剩下的，只有至真至纯至悲，至精至雅至情。褪去了君主的外衣，他终于显现出温润君子的底色。只是，这底色中掺杂了太多的悲怆与唏嘘。

这到底是命运的捉弄，还是成全。

长恨此生，愿与身违。

春花秋月，往事难了。

CONTENTS

目录

卷二◎许一世恩宠，此情可待成追忆

卷三◎去国悲黍离，无限江山终空落

卷四◎多情空余恨，一江春水千古愁

卷一

花月正春风，奈何错生帝王家

浊世浮沉，愿与身违

渔父二首

其一

浪花有意千重雪，桃李无言一队春。一壶酒，一竿身，世上如侬有几人？

其二

一棹春风一叶舟，一纶茧缕一轻钩。花满渚，酒满瓯，万顷波中得自由。

家在内陆，少时没见过江河湖海，无从了解靠水为生的渔人。初读宋朝范仲淹的古诗《江上渔者》，便沉浸在诗人对渔夫驾一叶小舟，“出没风波里”的无限悲悯中。

多年以后读到海明威的《老人与海》，突又迸发对渔者新的认知，同情瞬间化作敬仰。那个老人“独自在湾流中一条小船上钓鱼”，但是，他已经连续八十四天一无所获。第八十五天，他钓到一条巨大的马林鱼。这本是一件值得欢呼雀跃的事情，但他没能顺利把鱼拖上船，反而被鱼拖着在波涛汹涌的海上漂泊了三天三夜。历经殊死搏斗，老渔夫终于杀死猎物，并把马林鱼绑在小船上。此时庆祝，依然为时尚早。归途中，小船遭遇鲨鱼，筋疲力尽的老人被迫继续战斗，死里逃生后，小船后绑着的马林鱼只剩下头尾和脊骨。

这位历经生死最终安全返航的老渔夫，以不屈的硬汉形象让无数后人折服。那条于碧波万顷中乘风破浪的小船，承载的不仅是生计，还有敢于抗争的灵魂。

李煜曾作两首《渔父》词，表达了对渔者生活的向往。但料想，他既不会想如范公诗中，做个在惊涛骇浪里以性命博温饱的渔人；也不会像海明翁笔下那位老者，拥有与一切磨难抗争的勇气。

最著名的渔父形象，来自屈原的《楚辞》。屈原被放逐后，“游于江潭，行吟泽畔，颜色憔悴，形容枯槁”，这时他偶遇渔父。两人相谈投机，屈原抒发了“举世皆浊我独清，众人皆醉我独醒”的悲愤，渔父则以“沧浪之水清兮，可以濯吾缨；沧浪之水浊兮，可以濯吾足”点醒屈原。

时至今日，后人仍折服于屈原的风骨。随着这篇《渔父》的广为流传，渔父的形象也深入人心，从点人悟道的神仙，逐渐演变成隐逸超脱、淡泊名利的象征。以至于后人再描写渔人生活时，常忽略其浪里穿行的凶险，避谈其生活困窘的尴尬，而是极度渲染其垂钓江上的雅趣。这类作品，当以柳宗元《江雪》中塑造的“孤舟蓑笠翁，独钓寒江雪”的形象为典范，另外，元代胡绍开的散曲《沉醉东风》里的描写也颇为生动：

渔得鱼心满意足，樵得樵眼笑眉舒。一个罢了钓竿，一个收了斤斧，林泉下偶然相遇。是两个不识字渔樵士大夫，他两个笑加加的谈今论古。

同样是一叶扁舟、一片汪洋、一名渔夫，几经历史迁延，渔夫之意已不在鱼。渔夫不再有谋生之苦，在过惯了舒服日子的李煜笔下，渔人更是悠闲自在。

因词人的多情，“浪花”和“桃李”也成了有情之物。“浪花有意千重雪，桃李无言一队春”，这是景语，也是情语。江南的熏风搅扰着平静的海面，海浪翻卷出水做的花簇，轻轻撞击着渔人的小船，溅起星星点点的水雾，落在船上渔人的脖颈里，清凉得令人神清气爽。

渔人驾着小船顺风顺水而下。两岸边，桃花夭夭，李花点点，都随着船的行进飞快后退。不需遗憾，因为前方仍有桃李列队相迎。不论是船下的大海，还是两岸的花海，皆浩浩荡荡，不见尽头。

风景已令人沉醉，渔者生活的惬意更令人向往，让人恨不得放下一切俗事，将自己放逐水波之上，只须浊酒一壶，钓竿一柄，从此后，春风秋月、凡尘闹市，都付笑谈中。连渔人自己都感叹：俗世里，像我这样快活的人，能有几个！

李煜笔下这种超脱尘世外的快乐，很多人都可与他共鸣。比如宋人朱敦儒，他长期隐居，不肯应诏出仕，先后写过六首《渔父》词，歌咏其隐居期间的闲适生活，仅其中“摇首出红尘”一句，即可见超脱尘世的豁达与潇洒。便是东篱采菊、眺望南山的陶渊明，所做之事虽不同于渔夫，但情趣志向却殊途同归——他们追求的，不过“自由”二字。李煜在另一首《渔父》词中，以“万顷波中得自由”一句，直言对自由的向往。

一叶扁舟泛五湖，如李煜一样把自由寄托在万顷碧波的人古来有之，然而，真正能如愿以偿的，却没有几人。昔日范蠡辞官泛五湖，是为了避免“狡兔死，走狗烹；飞鸟尽，良弓藏”的下场；柳宗元“独钓寒江雪”是因为仕途不遇；赵孟頫“盟鸥鹭，傲王侯，管甚鲈鱼不上钩”，不经意流露的，是愤世嫉俗的情绪。

文人多受儒家“达则兼济天下，穷则独善其身”思想的影响，鲜有人天生向往红尘之外。他们立志渔隐，大多半缘心性半缘现实。

譬如范仲淹，便是其中一例。他在岳阳楼上，面对着“衔远山，吞长江，浩浩汤汤，横无际涯”的洞庭湖，想象着春风和煦的夜晚“渔歌互答”的情景，颇有出世风姿。风景如此超凡脱俗，置身其中的人却还是发出了“居庙堂之高则忧其民，处江湖之远则忧其君”的感叹，并称之乃“古仁人之心”——那些极力歌咏渔隐生活的人，是否都像范公，表面上“把酒临风，其喜洋洋者矣”，内心却只把万顷水面，当作自己郁郁灵魂的放逐之地。

李煜当然不是真想做“渔夫”，他甚至不像那些身在江中心忧百姓的“古仁人”，满心家国之念。他写这两首词，意在高调表示归隐之心。

然而，归隐本不是应该大声宣扬的事情，但李煜被现实逼迫得无可奈何，不得不如此。据史书记载，李煜“为人仁孝，善属文，工书画，而丰额骈齿，一目重瞳子”。重瞳，即一只眼睛里有两个瞳孔。在李煜之前，目有“重瞳”者只有仓颉、舜、重耳、项羽四人，或成帝王或为圣人，最不济的项羽也是一方霸主，可与刘邦争雄。本为吉相，却会给他招致无穷祸患，因为李煜有一位“为人猜忌严刻”的兄长弘冀。

相较其他兄弟，弘冀刚毅勇猛，虽是储君，但并不讨父亲李璟的喜爱。李煜本是李璟第六子，但因四位兄长早逝，待他成年时，已是实际上的次子。皇位争夺历来惨烈。重瞳面容，加上次子身份，弘冀自然而然地把李煜视为登基路上的障碍。此前，为了扫清障碍，弘冀已经毒死了叔叔景隧。

对这一切，李煜心知肚明。他本于皇权并未太多期待，但却莫名地置身于权力争斗中不能脱身。他尽量避免参与政事，还一再高调表明心迹——“钟山隐士”“钟峰隐者”“莲峰居士”“钟峰白莲居士”，都是李煜为自己取的名号。这两首《渔父》词，意在表明同样的心迹。

对《渔父》述志之说，王国维先生提出质疑。他认为词作“笔意凡近”，可能并非出自李煜之手。但《全唐诗·南唐诸人诗》《近代名画补遗》《宣和画谱》等典籍都有记载，称是李煜把这两首词题在了宫廷画师卫贤绘制的《春江钓叟图》上。

王国维“凡近”之评，当是针对遣词，尤其“一棹春风一叶舟，一纶茧缕一轻钩”中四个“一”字，民歌痕迹浓重。语言虽然凡近，贵在造意不凡，把一腔洒脱的隐士情怀抒发得淋漓尽致。

“天然去雕饰，清水出芙蓉”是不同于“粉妆玉砌”的另一种美，在诗词意境上，前者往往更难实现。清代纪晓岚曾有一首《钓鱼》，也像李煜的词一样，有一种素颜朝天的美。

一篙一橹一孤舟，一个渔翁一钓钩。

一拍一呼又一笑，一人独占一江秋。

一人独占一江秋，好个渔人，好种境界！若抛却创作背景再读李煜之作，其笔下渔人，大有一人一棹一舟，独占一江春色的洒脱！但是，李煜终究未能享受这份闲情逸致，他江上垂钓，求的不是鱼。

史上另有垂钓者，饵食下水，却不为钓鱼。他们便是姜太公和严子陵。

姜太公渐近古稀时，用直钩在磻溪垂钓，钓到他的伯乐周文王，得以大展宏图，留下“姜太公钓鱼，愿者上钩”的千古佳话。严子陵是汉光武帝刘秀的同窗，幼年交好。刘秀登基后，多次请严子陵入朝为官，但严子陵隐居山水，垂钓终老，后人赞道：“云山苍苍，江水泱泱。先生之风，山高水长。”

之所以提及两位古人，实是因为这一枚钓钩上的因缘际会，让人无法看透。

姜子牙垂钓，求的是机遇，种种举动，都是有意为之。李煜后来也得到了一个机会，他寄情山水以求自保，免遭弘冀迫害。弘冀不幸病亡，李煜意外地被立为储君，然后君临南唐，最终又亡国被俘。幸与不幸，谁也说不清。于他而言，这一切都是无心插柳的结果。

严子陵垂钓，求的是名，不过他是无意为之，便留下了高风亮节的美誉。李煜殚精竭虑，也是求名，但是一个“无所为，不作为”的恶名，以求在弘冀的戒心中全身而退。事实上，最后他不退反进，以至于到达了自己无法掌控的地方。于是，泛舟湖上，只是一场秀而已，哪有真正的自由！

自由，要么抗争而得，要么彻悟而得。但包括李煜在内的诸多文人，大多徘徊于两者之间，隐逸之乐，不过是他们镜花水月般的念想。

风流才子，误作人主

浣溪沙 · 红日已高三丈透

红日已高三丈透，金炉次第添香兽。红锦地衣随步皱。

佳人舞点金钗溜，酒恶时拈花蕊嗅。别殿遥闻箫鼓奏。

红日金炉，玉楼碧阙，佳人美酒，无不透露出李煜帝王生活的些许痕迹。或浓或淡，或深或浅，皆是些缠绵缱绻、显贵荣华的风景。这枕温柔乡，这片富贵地，曾摄过才子的魂魄，缠过词人的心田，再以后遭遇国破家亡，帝王仓皇辞庙，甚至沦为赵氏兄弟的囚徒，千般万般，皆由此起。

很多人说，承袭帝位非李煜所愿。由是出发，无数拥趸以“天教心愿与身违”诉说着李煜生于帝王家的无奈，将登基为帝的荣耀一刻，生生掰扯成了才子悲剧命运的源头。倘若他只是个寻常人家的公子，风流如他、才情如他，那一双眼睛定然像微风趟过的湖面，时而荡漾起一抹碧水的青光，时而暗淡出一片夜空的清寂。这样的男子，世人皆盼着他能有个快活且圆满的人生。

心有愿，但天不遂。历史与命运，屡屡与人们的愿景开些吊诡的玩笑，便让词客坐了皇位，又让君主成了俘虏。

清朝的第一位皇帝爱新觉罗·福临，便是被这命运玩弄的棋子之一。顺治帝六岁登基，十四岁亲政，仅这两个数字，已足够让人刮目相看。据正史记载，这位少年天子崩于天花，英年早逝。然而诸多野史，都称他后来看破红尘、厌倦宫闱，最终在五台山出家。

和这桩不见于正史的奇闻一起流传民间的，还有一首《归山词》，其中有这么几句自白：

黄袍换得紫袈裟，只为当年一念差，我本西方一衲子，为何生在帝王家？

十八年来不自由，南征北讨几时休？我今撒手西方去，不管千秋与万秋！

相传此诗见于五台山善财洞上院正殿的山墙上。康熙帝命人拓印，带回京城请孝庄太皇太后鉴别。这位在宫廷斗争的血雨腥风中鲜少落泪的老妪红了眼圈，颤巍巍地点头，认定笔迹确实出于她那抛却万里江山的儿子。

《归山词》是否是顺治亲作，历来争论不止。然二百余言，字字句句说得都是同一宗遗憾：事与愿违。

后人多说，继承大统与顺治的心愿相违，也和李煜的心志相悖。他们隔着千年的凄风苦雨，却都成了被皇权羁缚的可怜俘虏。

公元961年，二十五岁的李煜子承父业，成为南唐的统治者。因为兵败，当时的南唐已取消帝号，沦为后周的附庸。李煜继位不久，即向代周建宋的赵匡胤大量纳贡，并亲笔写了封言辞谦卑的表文，表示愿意恪守臣道。若观时局，李煜这番举动或可称是不能不为；倘论骨气，则是人未举步但膝骨已弯。

这首词就作于李煜登基后，南唐亡国前。先读《归山词》，再吟《浣溪沙》，猛然惊觉，或许，自作多情的后人，大多误读了李煜。多情如他，即使亡国后，也未像顺治这般发出过“为何生在帝王家”的感慨。

这位南唐君王的生活，自有一番绮丽光景。

红日升，已有三丈之高。大殿里，太监和宫女们忙着朝金炉里添加炭火。侍者往来不绝，连地上的红毯都被踏出了褶皱。善舞的美丽宫人，随着舞曲翩飞似蝶，跳到用情处，束发的金钗沿着光滑的青丝坠落。

或是因那缭绕不去的香气，或是因宫人曼妙的舞姿，或是因舞者那柔顺乌黑的长发，或者只是因为美酒，置身其中的李煜有了些许醉意。他随手摘下一朵鲜花，希望能借此醒酒。恰在此时，其他宫殿里的音乐缥缈传来，先入君王耳，再绕君王心。

宋代的陈善在《扪虱新话》中有言："帝王文章，自有一股富贵气象。"李煜词中这一番尊荣至极，又怎"富贵"二字了得?

炉是黄金铸成，虽然贵重，却不及用炭之讲究。香兽这种用炭，并非寻常人能用。最初使用香兽为炭的是晋朝羊琇。据《晋书·羊琇传》记载："琇性奢侈，费用无复齐限，而屑炭和作兽形以温酒。洛下豪贵咸竞效之。"李煜学不来羊琇的智勇，已是可悲，又竭力效其奢侈，更加可叹。

红日高过三丈，皇帝没有批阅奏章，也没有接见大臣，更未思索国家命运百姓祸福，反而沉醉在歌舞美酒中，日日以谱新曲、做新词、制新舞为乐，实在让人忍不住怨之恼之。

若非一国之君，李煜自然无法把风流才子的奢华迷梦变成现实。宋代李颀在《古今诗话》说："诗源于心，贫富愁乐、皆系其情。"此语可视为《浣溪沙》一词的注脚——做着太平天子的李煜，有着由衷的快乐和满足。

他曾沉醉于那温柔乡、富贵地，待到想从中抽身而出时，则是怕那温柔乡终会成为英雄冢。乱世出英雄，当赵匡胤厉兵秣马准备一统天下时，不识干戈的李煜有成为英雄的机遇，却没有成为英雄的雄心。他早已在醉舞狂欢、夜夜笙歌的欢愉中大醉，在金炉红毯的奢华中迷失。

和他一同迷失的，还有整个南唐朝廷。

《资治通鉴》有言曰："楚王好剑客，路人多疮疤；吴王好细腰，宫中多饿死。"这说得是上行下效之害。可惜李煜早生了些年头，无缘得见司马光对君主的劝谏。正因"上有所好，下必甚焉"，整个南唐朝廷被诗词和歌舞笼罩，文人无谋，武士无志，表面繁华至极，背后隐忧重重。

故而，小小南唐的旖旎宫廷，算不得是英雄冢。

在那些歌舞升平的年华里，李煜对皇位甘之如饴。他贪恋这个至高无上的位置能带来的诸多特权，并选择对帝王的责任视而不见。难怪史书评价他："性骄侈，好声色，又喜浮图，为高谈，不恤政事。"

才子李煜掌舵南唐，或许是他的不幸。然与之相比，南唐子民却更加不幸。当他在大好晨光里逗弄佳人，拈花听鼓的时候，赵氏的兵卒已磨刀霍霍。

有人或许要为李煜辩解：不恤政事不上早朝，李煜并非第一个，也不是最后一个。只要向前追溯二百年，便有唐玄宗有过之而无不及。诗人白居易的一首《长恨歌》，揭了这位帝王的短：

云鬓花颜金步摇，芙蓉帐暖度春宵。

春宵苦短日高起，从此君王不早朝。

唐玄宗和杨贵妃的故事，早已烂熟。李隆基与李煜这两位君王，同样“不早朝”，同样夜以继日沉溺于政务之外，同样，为此付出了惨痛的代价。

安史之乱起，六军不发，唐玄宗眼睁睁地看着宠妃“宛转娥眉马前死”，却“掩面救不得”，只落得“此恨绵绵无绝期”。爱情支离破碎，盛唐也随之一并成了说书人嘴里的往事。

帝国在玄宗手中由盛转衰，相较而言，李煜则失去的更多。当他手擎白幡向宋军投降时，不仅失去了“三千里山河”和深爱的女人，还有为君的尊严、为人的自由。

历史不止一次证明，不管是因为女人，还是因为其他和朝政无关的兴趣，但凡荒废政务者，大多会被历史荒废，成为一卷汗青中灰暗的一笔。

后人说唐玄宗是被女人所误，其实，这位“开元盛世”的开创者，只不过是把自己从“应做”之事中解脱出来，放纵任性地投入到“想做”的事情里。他是被放纵吞噬的。

李煜则与他不同。享乐是人之天性，而奋发图强则需后天磨练。李煜被极具文人气质的父亲教育长大，在他为一首词的韵脚紧锁眉头时，没有人教过他怎样去做好一个皇帝。他是被无知戕害的。

他懵懂无知地过着他理想的生活。这种红日升而不起，佳人舞而心醉的日子，被斥为奢靡无度，或许能够和杜甫诗中“朱门酒肉臭，路有冻死骨”两相对照，成为极乐与地狱的范本。然而，很多人像明代文学家杨升庵一样，疾言厉色地“讥其忒富贵耶”，但论词章，又赞其豪华妍丽，甚至引为“绝唱”。

帝王的狂欢不是一日，也不是一夜，而是夜以继日；宫殿里的宴乐，不在一处，而在多处，甚至，整个宫廷都迷失在了箫鼓齐奏的歌舞升平里。词里前后呼应，帝王生活之放纵无度，可见一斑。

日头是红灿灿的，兽炭是带着熏香的，箫鼓一曲曲，荡漾了心神，美酒一樽樽，已染醉了灵魂。李煜眼中的宫廷生活，说得文雅些，恰似一桌色美香浓味鲜的珍馐美馔。先哲们说尽了“治大国如烹小鲜”的道理，可叹李煜却不懂。

值此美景，面对佳人，耳闻仙乐，不沉醉，难，抽身而退，更难。

难怪李煜醉了。

琴瑟和谐，共谱霓裳

玉楼春·晚妆初了明肌雪

晚妆初了明肌雪，春殿嫔娥鱼贯列。笙箫吹断水云闲，重按霓裳歌遍彻。

临风谁更飘香屑，醉拍阑干情味切。归时休放烛花红，待踏马蹄清夜月。

有一种美丽叫天生丽质，有一种俗气叫浓妆艳抹。那不施粉黛、肌肤嫩白如雪的美人儿，在鱼贯而入的嫔妃和宫女的簇拥下，愈发显得高贵脱俗。

她，便是李煜的发妻大周后。

后宫佳丽三千，唯独她，无须靠脂粉讨得君王的垂青。

把她和李煜牵在一起的那根红线，名曰爱情。在与权势难脱干系的寂寞宫廷里，爱情是件奢侈品。便是李煜和大周后最初的结合，多少也沾了些权力的影子。

那一年，她十九岁，他十八岁，一个是开国功臣之女，一个是当今君王的血脉，年龄相若，门户相当。君父指婚，不论他们中的哪一个，都不能也不敢摇头。

之后，爱情的种子在两个年轻人心头迅速发芽并茁壮成长。这金风玉露相逢的欢愉，源自她仰慕他学富五车，他爱她秀美多才。青春易逝，容颜易老，才情却在岁月的踽踽前行中，积淀成了一种醉人的气质。

大周后就是拥有这种醉人气质的女人。十八叠《霓裳羽衣曲》，是她给李煜的莫大惊喜。

在《霓裳羽衣曲》奏响南唐深宫前，这乐曲显现的是一代帝王的大手笔。开元年间，河西节度使杨敬忠把此曲献给唐玄宗，精通音律、恨不能投身梨园的玄宗亲自润律，使之成为唐代舞曲的集大成之作。

后来，白居易曾作《霓裳羽衣歌》，伴舞者颜如玉、貌倾城，裙色如虹，丝帔如霞，以黄金珊瑚做配饰，闻乐而舞，则长袖翩翩似风中弱柳，裙带飘飘如天边流云；乐曲曼妙，百转千回，此刻如白雪簌簌落地之音，突然间声若游龙惊后，到高潮处，“繁音急节十二遍，跳珠撼玉何铿铮”。

安史之乱后，又经五代十国的动荡，这首名曲也被历史尘埃埋葬，只留下白居易的残歌，撩拨后来者的心弦。

李煜有幸得到了残谱。他本是书、画、词、曲无一不通的全才，不过，对于音乐，他比“通书史，善音律，尤工琵琶”的大周后还是略逊一筹。据《南唐书》记载，大周后破解并重造了这首古曲，留佳音，去淫繁，用一把琵琶，弹奏出了清越可听的新声。

在改造《霓裳羽衣曲》的过程中，大周后曾修改原曲中节奏缓慢之处，使新曲更加欢快。因有悖于尾声渐缓的传统，新曲并没有被所有人接受，甚至有人称之为淫曲。大臣徐铉甚至为此作了一首诗，影射其为亡国之音：

> 清商一曲远人行，桃叶津头月正明。
> 此是开元太平曲，莫教偏作别离声。

徐铉一定没料到，此后不多年，一语竟成谶。

早在唐朝盛极而衰时，《霓裳羽衣曲》就被视作亡国之音。制成此曲三十多年后，安禄山起兵造反，玄宗丢了长安，曲谱也消失无踪。再到南唐，新曲不过在宫苑内响了二十载，江山变色，李煜将曲谱付之一炬。

因君王喜爱，杨贵妃和大周后都曾组织宫人排练舞蹈，惹得君王心醉神迷，无心国事，这也是后人称她们为“祸水”的一条罪证。没有人去想，她们不过是女人。当岁月在她们姣好的容颜上烙下印记时，还有正值豆蔻的莺莺燕燕时刻环绕君侧。大周后们所做的一切，不过是为了抓住情郎的心。

当一叠曲罢，笙箫已停，听曲的人却还沉浸在水云仙乡，是在仙境中迷了路，还是邂逅了暂离天宫的仙女？恐怕只有听曲的人，才能知晓吧。不多时，下一叠舞曲又响起，如云的美女抛开拘谨，翩翩起舞，如在花间穿梭的蝴蝶，婀娜而不放浪。

每叠曲罢，绕梁之余音尚在，新一叠又已开始。十八叠奏罢，听者已不知身在仙境还是凡尘。

曲得新生，舞更销魂。“重按霓裳歌遍彻”，李煜也借此向大周后倾诉爱慕，握着她的纤纤素手，欣赏着人间天籁，还有眼波流转，眉间情浓。

南唐宫廷内的《霓裳羽衣曲》，印证着大周后的才情，也见证着她和李煜的爱情。曲罢再奏，舞罢从头，日日夜夜不停，唯有你侬我侬。

人婀娜、曲勾魂、爱情润人心，怎不叫人醉？忽一阵风至，夹杂着春日的温润气息和阵阵香泽，直把人吹得肢体舒爽、春心荡漾。李煜早已沉醉不能自拔，此番又被撩拨心性，顾不得君王威仪，忘情地和着拍子，敲击栏杆，还不忘问一句："香气何来？"

李煜果真是醉了。否则他怎会忘记，宫中的主香女一职乃他亲设，她们不时在宫中遍洒百合花的粉屑，让江南温柔的风，把香气带到深宫里的每个角落。这大概是明知故问，不然，他实在无法表达，这恰到好处的香气究竟带来了多大的惊喜。

谁说春风不解风情？这撩人的暖风，已让帝王喜不自胜。

曲终舞罢已不知何时，该回寝宫安歇了。李煜不忘嘱咐："不必掌灯，莫辜负了这朗朗晴空和如玉圆月，我且骑马而归吧。"

踏月而归，良辰已足够醉人，又有大周后这如花美眷相伴，可谓幸事。

历代文人骚客早已将月这一意象用滥。但凡明月出现处，必与朗朗乾坤相关联，容不得藏污纳垢之事。所以，一直觉得，踏月的男子，皆非俗人。古龙笔下就有这样一位妙人儿：

闻君有白玉美人，妙手雕成，极尽妍态，不胜心向往之。今夜子正，当踏月来取。君素雅达，必不致令我徒劳往返也。

盗帅楚留香欲窃金伴花的白玉美人，没有遮遮掩掩的踩点打探，而是大大方方地先向对方递了这样一封书信。这个神仙一般的人物，就这样先声夺人地出场了。偷盗并非雅事，然而，他却“踏月来取”，那皎洁月光下的倜傥身影更显颀长，不惹风霜的面容更显俊朗，以至于让人把是非抛诸脑后，对这踏月而来的翩翩公子心神往之。

同样骑马踏月，帝王李煜又有了不同的风姿。

既为君王，又在深宫，彼时的李煜，应该是黄袍加身，策马徐行；大周后或骑马相伴身侧，或乘轿紧紧跟随；宫人侍女列队相随。

夜深人静，脚步声和着马蹄声，踢踢踏踏的节奏，便与李煜和大周后的心跳共振。

然而，窃以为白色才能衬出李煜的气质。月色下，他着一袭白袍，色如玉之温润，质有纱之飘逸，不染凡尘。微风袭来，衣袂飘飘。黄色则过于霸道，在柔和月光下略显突兀，就如皇位之于李煜，格格不入。

在这金雕玉砌、奢华得几乎失了人间原貌的深宫里，李煜险些就成了一个只知醉生梦死、追求享乐的君王。纵使他生着潘安貌，胸怀司马相如之才，也距离“风华绝代”四字堪堪有些距离。幸亏，纸醉金迷并未让他完全丧失本真，享尽繁华热闹以后，他还有携美踏月的雅兴。

这一幕“马蹄清月夜”，如诗如画，富丽中见出清雅。

回到寝宫，李煜便作了这首《玉楼春》，初稿中“临风谁更飘香屑”一句本为“临春谁更飘香屑”。他将纸笺拿给大周后看，大周后说，上下两阕均有“春”字，不妥，不如改为“临风”。如此，既避免了重字，还与“飘”字相衬，更见动态之美。李煜连声赞好，欣然改之。

李煜和大周后，是君臣、是夫妻，还是知己。若无大周后，则《霓裳羽衣曲》难复，《玉楼春》难成。佳人不必在深谷，这位陪李煜临风醉、踏月行的皇后，不只是李煜一人眼中的佳人。

很难说，在这场宫廷欢乐颂中，他与她，谁风华更胜？

花街柳巷，纵情风月

一斛珠·晓妆初过

晓妆初过，沉檀轻注些儿个。向人微露丁香颗。一曲清歌，暂引樱桃破。

罗袖裛残殷色可，杯深旋被香醪涴。绣床斜凭娇无那。烂嚼红茸，笑向檀郎唾。

纵是春日，北方的风也不及南风温柔。读罢词章，放下书卷，萦绕心头的居然不是“烂嚼红茸”的美人，反而一心纠结于词中“檀郎”。思绪随风荡至西晋，只因那个名唤潘安的男子。

他跨越了足以令沧海变桑田的漫长时光，仍然面如冠玉、不染纤尘，仿佛拥有不老的容颜。当年少的潘安在洛阳街市信步而行时，少女少妇见到这俊俏挺拔的身姿，无不惊为天人，纷纷搁下礼数忘了羞涩。她们朝着潘安聚拢，把他围在中间，娇花蜜果都化为爱的讯号，争相射向潘安。

潘安小字檀奴，故称檀郎。檀木质地坚硬而色彩绚烂，香气永恒，万古不朽。十年间，沈腰潘鬓消磨，风霜老了华发，掷果盈车的哗然渐行渐远。檀奴之名，却如美玉，形于外而凛于内，香远益清。

爱美之心人皆有之。少女春心荡漾，若非始于美景，必发端于一个撩人心性的男子。阳刚风骨固然令人仰慕，但倘若美到极致，也足以令女子侧目凝眉。潘安便凭着倾世之貌，诱惑着无数怀春少女内心最深的渴望。

女人们把檀奴幻化为理想的爱人，亲昵地唤其“檀郎”。后世男人争相自比，既为了炫耀俊美容貌，也为展露才子风流。

李煜或许也是这样一个自比“檀郎”的男人。

他本该同无数亡国之君一样留下千古骂名，却偏偏赚尽后人同情的泪水。当他浸润了一身江南烟雨，用柔软的笔触和精致的文字记录下又一位“檀郎”的风流韵事时，不经意间，词成绝唱，也留下难解的谜团。

这首词里的“檀郎”是李煜吗？

李煜的事迹，载于史书，传于民间，然而总有些许遗憾——他的很多故事语焉不详，未被写尽。他像一阵化入江南春天的风，行人能看到花摇影动，青丝拂面，却抓不住那片刻的轻柔。他有诸多诗词传世，阕阕都似一支以其命运沉浮为主题的曲子，撩弄心弦。但当人们的好奇被撩拨至极时，乐声戛然而止，大戏还未开场，便已曲终人散。

幸而，后人所著的《清异录》中，还有蛛丝马迹可循。彼时的李煜，掩去了帝王贵胄气，就像寻常富贵人家出门寻欢的翩翩公子：“李煜在国，微行娼家，遇一僧张席，煜遂为不速之客。僧酒令、讴吟、吹弹莫不高了，见煜明俊酝藉，契合相爱重。煜乘醉大书右壁，曰：浅斟低唱，偎红倚翠，大师鸳鸯寺主，传持风流教法。久之，僧拥妓入屏帷，煜徐步而出，僧、妓竟不知煜为谁也。煜尝密谕徐铉，言于所亲焉。”

古来名士多与青楼有着剪不断的联系。后来的柳七自不必说，唐人杜牧有扬州梦十年，李白笔下和青楼诗多达十几首，甚至连忧国忧民的杜甫，悼妻情深的苏轼，均有和青楼相关的诗词传世。

女人因男人的宠爱而心安，男人因女人的仰慕而自信。风流的人大多自赏，青楼是让男人得到自我认同的绝好去处。李煜白龙鱼服，游戏青楼，事后并不隐瞒，反而秘密地说给臣子听，可见，被诗化了的花街柳巷，甚至成了男子炫耀风流的寄托。

或许，在密谕徐铉的那一刻，明月照着宫墙，月下梧桐映出稀疏的影像。宫人大多已经睡去，只有几个在殿内侍候的宫女垂手敛目，毕恭毕敬地等待君王的吩咐。即使递上茶水的瞬间，她们也怕失了礼数，不敢抬头望一眼李煜俊秀的面容。日复一日，容颜渐老热情渐消，偌大的宫殿内，了无生趣。

有那么一霎，李煜想起了曾对他笑唾红茸的女子。他们相会于烟花地时，女子并不知他是帝王。

她晨起梳妆，绛红的香膏擦过嘴唇，留下浅浅印痕。下了楼阁，遇到客人，她习惯性地开口一笑，吹气如兰。唱着一曲清歌，朱唇似樱桃绽破，皓齿若隐若现。歌罢暂歇，美酒入口，唇上沾了酒滴，越显红艳。她以袖口擦拭，似是无意，似是挑逗，妩媚动人。

曲终筵罢，客人大多散去。她与心爱的檀郎携手入了闺房。美人拈针捻线，似要绣花，但视线却像被什么致命的诱惑吸引，牢牢停留在对方身上。她刚把红线衔在口里要打结，檀郎已欺身过来开始调情，美人娇嗔一声，把嚼烂的红线吐向对方。

美人的绣房再雅致，终究不及皇宫堂皇富丽的万分之一。但是，烂嚼红茸向郎唾的率真和直白，是李煜在深宫里不曾遇到的。这娇柔的美人，风尘味道太浓，南唐的后宫终归容不下她。

女人想要抓住男人的心，需要美貌和涵养，需要夫唱妇随，需要鸾凤和鸣，但如果只是让男人动心，有时却只需要几分自然流露的真性情就足够了。

在倾吐爱意时，女人常不如男人直接，便有了千百种奇特的表白方式，有的千般温柔百般顺从，有的则是无尽地折腾。嗔怒是更具女人味的一种爱恋，其中情意，懂情趣的男人自会知晓。

美人调情，以红茸唾面，哪个男人能不心动？

哥们豪饮，和女人有关的话题常如下酒的菜肴；三两闺蜜相聚，挂在嘴边的多半是男人。而男女之间，调情总是不会令人厌倦的游戏。

调情是门艺术，不是每次都能调出激情，有时候还很危险。

潘金莲勾引武松，先是把武松约来同坐，见武松不语，又话些家常拉近距离。潘金莲又是问候又是陪酒，几番暗示不成，到灶王爷处大声许愿说："灶神菩萨，女弟子潘氏金莲，想与二叔结个鱼水之欢，望神圣庇佑，早点成功，大香大烛，拜谢菩萨！”可惜武松还是没听见，潘金莲不得不再欺上前去，直接坐在武松的大腿上，右手搂住他，左手送酒，却只换来武松一声：“呔！嫂嫂住手，不要动！”

潘金莲和武松调情，非但没换来她想要的云雨欢愉，反而种下了武松血洗鸳鸯楼的伏笔。一则，武松头上的伦理道义、兄弟深情箍得紧张；再则，潘金莲的调情手段委实不够高明。

越是含蓄婉转，温香醉人的调情，越是让人招架不住。譬如南朝诗人何逊《咏舞妓诗》中，歌舞固然令人心怡，但那千娇百媚的舞者无声暗送的眼波，更能夺魂摄魄。

管清罗荐合，弦惊雪袖迟。逐唱会纤手，听曲动蛾眉。

凝情眄堕珥，微睇托含辞。日暮留嘉客，相看爱此时。

酒至酣处，情到深处，宾客和舞妓牵手共舞。舞妓眉毛轻挑，眸中含情，频频递来深情蜜意。喧哗过后她独留恩客，“日暮”“相看”。这定是场美丽的邂逅，一如李煜和那位烂嚼红茸的美人。

李煜的词、何逊的诗，都在情至高潮时结束，后事如何，引人浮想联翩。后有宋人周邦彦，以一曲《青玉案》，大胆写出了调情男女享受洞房欢愉的声色：

良夜灯光簇如豆。占好事、今宵有。酒罢歌阑人散后。琵琶轻放，语声低颤，灭烛来相就。

玉体偎人情何厚。轻惜轻怜转唧嚁。雨散云收眉儿皱。只愁彰露，那人知后。把我来僝僽。

女子放下琵琶，眼波涟涟，连声音都似猫儿一样打着颤。她灭烛相就，温柔又热情，迫切又矜持，叫人爱，惹人怜。花烛熄灭，有沉香弥散于室内，共赴巫山云雨，便是一夜缱绻。但雨散云收后，男人却犯了愁，只怕“那人”知晓后，会怨愤责备。由此便知，这两人乃是偷情，未出场的“那人”，当是男子的发妻。男人明知妻子会不满，却仍与媚眼如丝的女子成了好事。让人想起《红楼梦》中，王熙凤因丈夫与他人有染而耿耿于怀，贾母半开解半训斥，道：“哪家的猫儿不偷腥！”

有多少男人，能够硬起心肠，拒绝那善于调情的女子。

恐怕李煜便不能，实是因为那俏皮又妩媚的风情，比软语温存还撩人心弦。

不过，檀郎究竟有何魅力，能让美人投怀送抱?

李煜自比潘安，并非自夸。史书记载他“貌英奇、广额、丰颊、骈齿”，从面貌来讲，算是个标准的美男子，何况还有书卷墨香熏陶出来的温润风范，以及皇室特权哺育出的雍容气度。或许正因如此，初遇时人群里的惊鸿一瞥，李煜已赢得了佳人芳心。

既得佳人暗许，就当调情逗趣，否则岂非辜负了大好韶光。他们这调情的桥段，与唐人《菩萨蛮》里的场景倒有八分形似，不过若论神气，唐人笔下更多了平民的天真。

牡丹含露珍珠颗，美人折向帘前过。含笑问檀郎，花强妾貌强？檀郎故相恼，却道花枝好。

美人发娇嗔，揉碎花打人：“花若胜于妾，花还解语无？请郎今夜伴花眠！”

美人笑语殷殷问情郎：“我美还是花美？”情郎故意想要将她惹恼，便说：“当然是花美。”美人假意生气：“既然花比我美，那么花一定更懂风情。今晚就让它陪你入睡吧！”

男女调情的至境，大抵是添了情趣却不流于低俗。让女子娇嗔而现妖娆，调情至此，已臻化境——李煜做到了。

有花须折，莫待花老

子夜歌·寻春须是先春早

寻春须是先春早，看花莫待花枝老。缥色玉柔擎，醅浮盏面清。

何妨频笑粲，禁苑春归晚。同醉与闲平，诗随羯鼓成。

寒冬甫过，北风裹挟着黄沙席卷而来，辽阔的中原大地呈现出沧桑美感。赵匡胤所在的开封城内，春寒依旧，皇宫内苑，也只有点点寒梅，俏立枝头。

开封城还在倒春寒时，赵匡胤视线不及但眼线遍布的金陵城内，已是桃红柳绿、莺歌燕舞，江花红胜火，江水绿如蓝。梅花满树堆粉、迎春枝头闹春、海棠似点点胭脂、杜鹃傲然绽放、桃花风中飘香……像有一阵鼓点催开百花，它们赶着花期络绎而来，把金陵的春天装点得闹闹腾腾，开封之春也因此更加寂寞。此情此景，让赵匡胤怎能不对南唐的土地垂涎三尺？

李煜只看到了“禁苑春归晚”；赵匡胤看到的，则是整个南唐那令人眼花缭乱的盎然春光。高度决定了他们的视野，而视野，又决定了他们后半生的高度。

忙于禁苑寻春的李煜，可能一生也未能通晓此理。

寻春之事，历代文人雅士都在做，可惜好花不常有、好景不常在，于他们而言，春天总是太短，还没来得及抓住它的尾巴，酷夏就已来临。

春日短暂需及时行乐，紧迫感袭来，遣词造句一向精致的李煜，竟也来不及细细琢磨，仔细修饰，只招呼左右宫人道："在春天到来前，便要做好寻访春天的准备；在百花盛放前，不妨先安排好赏花的活动。"语毕，他匆匆而去，唯恐错过了美好春天的一瞬。

这样通俗的开篇，却一直为后人津津乐道。清代周济在《介存斋论词杂著》中有过评价："毛嫱、西施，天下美妇人也，严妆佳，淡妆亦佳，粗服乱头不掩国色。飞卿，严妆也；端己，淡妆也；后主，则粗服乱头矣。"这首《子夜歌》，就如王昭君和西施不施粉黛的模样，素面朝天，却于率真中见出真性情。

上阕开篇，隐隐绰绰有几分唐诗《金缕衣》的影子：

劝君莫惜金缕衣，劝君惜取少年时。

花开堪折直须折，莫待无花空折枝。

花开花落只在转瞬间，令杜秋娘想到应“惜取少年时”，但李煜想到的，则是尽兴“看花”，莫待花枝老。

鲜花易老，好年华也会随时光而去；花朵一岁一枯荣，好年华却从不回头。

李煜能敏锐地觉察到春天的到来，未雨绸缪地安排寻春事宜，在国事上却后知后觉。宋军架桥过江时，他只觉可笑而未设防，投降后寝殿中仍有未拆封的战报——治国于他而言，不是不能，倒更像不想。倘若他肯把赋词寻欢的心思匀出几分在政事上，金陵何至于王气不再？

连赵匡胤都承认，李煜若能勤奋地治理国家，南唐可能便不会亡。可是，在本应“识干戈”的时光，他只顾兴致勃勃地在禁苑寻春。

春满金陵美如画，皇宫里的春天更美。不仅因为群花在枝头摇曳生姿，还因为美人笑靥胜花。淡青色的细瓷酒壶卧在玉石桌上，素胚上勾勒着点点青花。佳酿珍藏多年，未过滤的米酒醇香扑鼻。美人玉手纤纤，擎着酒杯劝饮君王，这一晃动，沉淀在杯底的渣滓缓缓浮起，杯中酒浑，不多时渣滓又沉，酒水清亮，杯底则漾着温润的光泽。

消受着良辰好景、美人佳酿的词人，终于淡恢复一贯的精雕细琢，以“缥色”代酒壶，借“玉柔”代美人洁白柔软的手，仅以五字，绘出一幅美人劝酒图。

昔日李白曾有诗云：“名花倾国两相欢，常得君王带笑看”。李煜面前人花交映，难怪他也忍不住“频笑粲”。何况“禁苑春归晚”，让他有更多时间尽情享受春日温柔。

“人间四月芳菲尽，山寺桃花始盛开”，大林寺内，白乐天将本已消逝的春意延长，这是山上山下温度不同所致。而李煜的“禁苑春归晚”，不过是一厢情愿罢了。或许，他相信自己和唐玄宗一样，既是人间天子，便能主宰时令。

唐代南卓曾在《羯鼓录》中，记载了唐玄宗号令春花之事。早春二月，宫内杏花含苞已久，但因春寒料峭，迟迟不肯吐蕊。玄宗盼春心切，于是命人在内廷击打羯鼓，演奏的正是他亲谱的《春光好》。不多时，绿柳发芽，红杏生花，天子笑着说：“此一事，不唤我作天公可乎？”

李煜赞叹“禁苑春归晚”时的情态，当与玄宗一般无二。他明知，禁苑禁得了百官子民的出入，却决计拦不住春去春来。禁苑的春意迟迟不肯离去，说这番梦话的人，若非痴了，便是太过得意。李煜不觉得玄宗所做之事可笑，反而也招来乐工，在禁苑击响了羯鼓。羯鼓声中，他与随行者赋诗作词，自觉风流俊赏。

“诗随羯鼓成”，非才高者不能为。三国时有曹植七步成诗，李煜的敏捷才思，大抵不输于他。

对曹植，晋人谢灵运有“天下才有一石，曹子建独占八斗”的赞誉。其兄曹丕嫉妒他的才华，又对曹植深得父亲曹操宠爱而耿耿于怀。曹丕继位后，寻了个无聊的由头，命曹植在七步内作诗，否则性命不保。曹植果然出口不凡，此后《七步诗》流传千古：

煮豆持作羹，漉菽以为汁。
萁在釜下燃，豆在釜中泣。
本自同根生，相煎何太急？

用“煮豆燃豆萁”比喻兄弟相残，一句“相煎何太急”让曹丕面红耳赤。

只可惜，未见典籍记载李煜随羯鼓而成的诗句，否则，当又添一段佳话。

赏花、闲评、赋诗，一人则无趣，需要志同道合的人相互应和。李煜父子治下的南唐，如曹植一样的风流人物不在少数。

把李煜锻造成文人的李璟，也是个不爱江山爱文学的帝王。李璟素爱与擅长诗词的臣子唱酬应和、品诗论文，乐此不疲。在他的倡导下，南唐官员几乎人人都能作诗，甚至连武将也不例外。冯延巳、徐铉兄弟，都是其中的佼佼者。

李煜兄弟久受熏陶，也个个擅诗。李煜的九弟李从谦，有一首著名的《观棋诗》：

竹林二君子，尽日竟沉吟。
相对终无语，争先各有心。
恃强斯有失，守分固无侵。
若算机筹处，沧沧海未深。

李从谦写这首诗时尚未成年。那时他常常去看李煜和他人对弈。有一天，李煜开玩笑让他当场赋诗，否则以后不准旁观。君无戏言，小从谦自然信了兄长的话，略一思忖，便吟出这首诗。虽然没有咚咚羯鼓相伴，但少年展露出的过人才华，依旧令人心折。

帝王的家风就是一个国家的国风。李煜父子，骨子里更近于文人。他们以文人的精神和胸怀治国，最高的雄心壮志，不过是守住祖宗留下的基业。由他们掌舵的南唐文人辈出、文学鼎盛，但面对赵匡胤的悍将强兵，却不堪一击。

及时行乐，往往是因为害怕欢愉难以长久。莫非，禁苑中的李煜已感觉到了隔江那边肆意的窥探，或预知了未来的命运？

不！危机感是政治家才有的素质，李煜却不过是个文人。他看到的，不过是从枝梢簌簌而落的花瓣，以及一并捎走的春光。

卷二

许一世恩宠，此情可待成追忆

惊鸿一瞥，镜花水月

菩萨蛮·花明月暗笼轻雾

花明月暗笼轻雾，今宵好向郎边去。刬袜步香阶，手提金缕鞋。

画堂南畔见，一向偎人颤。奴为出来难，教君恣意怜。

夜晚，在南唐后宫，无风，有雾。月亮在迷离的轻雾中收敛了光芒，如含羞的少女，令人眼前只剩了昏黄的光晕。禁苑中的花花草草，本是借了月光，但愈往高处雾色愈浓，花草反而夺了月的光彩。

月光下，迷雾中，一个脸上泛着红晕的少女，屏住呼吸，小心翼翼地走向画堂南畔，仿佛怕惊醒了夜，更怕惊到正在与薄雾约会的月亮。她脱下鞋子，只穿着袜子，踏碎了台阶上的月光。

做工精巧的绣鞋，被她提在手上。

在月的纵容、雾的掩护、花的注视下，少女几乎是挪动着脚步，终于到了画堂南畔，看到了那个男子模糊的身影。

同一种动物，隔着漫长距离也能嗅到对方的味道。热恋中的人，往往能恢复这种动物般的本能。她像是嗅到了他的味道，一时间心跳如脱兔，脸颊似火烧，再顾不得女孩的羞涩和矜持，一头扎进他的怀里，呢喃耳语："奴为出来难，教君恣意怜。"

几百年斗转星移，清代画师周兼受人之托，绘了一幅南唐小周后提鞋图，引得当时文人争相题诗。其中最有名的当属名士许蒿庐的两首《赋周兼画南唐周后提鞋图》：

其一

弱骨丰肌别样姿，双鬟初绾发齐眉。
画堂南畔惊相见，正是盈盈十五时。

其二

一首新词出禁中，争传纤指挂双弓。
不然谁晓深宫事，尽取春情付画工。

这个看似柔弱的少女，浑身散发着蓬勃的青春朝气；李煜已不是初婚的青涩少年，而是两个孩子的父亲。怀春的少女遇到成熟的男人，然后相知、相恋、相许，一切顺理成章。偷会后，或许李煜情难自禁，才写了这篇绮丽香艳的词。词作传出皇宫，又跨越千年，传诵至今。

许蒿庐诗中便做如上猜测，附和者如云。这段宫闱秘闻里，那双踏上香阶、裹着衩袜的滑腻金莲，平添许多说不尽的风流旖旎。

在为礼教束缚的传统认知中，女人一旦以脚示人，常是暧昧的征兆。《金瓶梅》中，潘金莲“自幼生得有些颜色，缠得一双好小脚儿，因此小名金莲”，西门庆的挑逗，就是借着捡筷子时偷偷捏她的脚开始的。

不过，偶尔也有不循此例的。譬如李煜曾把另一个女人的脚捧在手中，却和暧昧无关。

后宫中有舞女名唤窅娘。为了取悦李煜，她用布层层包裹住自己的脚，缠得形若新月。她在李煜面前忍痛献舞，摇摇欲坠。李煜被这独特的舞姿吸引，当即捧着窅娘的小脚，边欣赏边垂泪，并起名“三寸金莲”。李煜感动于窅娘一片痴心，命人用黄金打造出六尺高的金莲花，让窅娘在上面舞蹈。

感动至此，仍命对方不停舞蹈，岂不知踩在金石舞台上的每一步，都像踩在刀尖上，说不得是多情还是狠心，但想必，李煜对窅娘是不够爱的。不像他一见到提鞋相会的小周后，心中便漾起温情，还忍不住心痛——青石板的台阶坚硬而冰凉，脱去绣花鞋，凉气便会透过薄薄布袜，侵入细嫩的双脚。这时候，李煜便又是那个懂得怜香惜玉的男子。

月朦胧，雾朦胧，花朦胧，惟有人分明，不见暧昧，只见爱情。

那些痴男怨女的爱情，在幽会处弥散开去。或在花前月下，或在闺房之中，或于小园之内，甚至就在路旁小林深处，他们默默相爱。因幽会的人不同，情与欲也都有了差别：或暧昧丛生、或犹抱琵琶、或意犹未尽、或流于低俗，此中旖旎风光，怎么也望不穿、看不尽。

李煜和小周后的相会，又不仅仅是偷情这么简单。瞒着大周后，李煜约会其妹，于礼法不和。但他们偏偏又深爱彼此，便只能深夜偷欢。

“妻不如妾，妾不如婢，婢不如妓，妓不如偷，偷得着不如偷不着。”明代的冯梦龙一针见血地点破偷情者的心思。偷情之事古来有之，早在崇尚礼乐的周朝就已出现。

野有蔓草，零落溥兮。有美一人，清扬婉兮。邂逅相遇，适我愿兮。

野有蔓草，零落瀼瀼。有美一人，婉如清扬。邂逅相遇，与子偕臧。

这是《诗经·郑风》中一幕私会场景：野外一条小路旁，青草茂密。一个男子匆匆而过，露水沾湿了他的衣袂。迎面走来一位美丽姑娘，娇羞妩媚如花。两人一见钟情，拉着对方的手躲进了路边的草丛。

虽无风，但见草动。

偶然邂逅即结百年之好，未免显得仓促。文人偷情，恐怕难以接受这种红日之下、道路之旁、以天为盖、地为庐的结合。他们大多在夜色的掩映下，静悄悄地来去，再热烈的女子也会有一抹娇羞，再风流的男子也会克制着激动，流露出温柔。李煜的偷会是这样，柳永也是如此。柳永一曲《中吕调·燕归梁》，仿佛便是李煜和小周后那场相会的翻版。

轻蹑罗鞋掩绛绡。传音耗、苦相招。语声犹颤不成娇。乍得见、两魂消。

匆匆草草难留恋，还归去、又无聊。若谐雨夕与云朝。得似个、有嚣嚣。

这场情事匆匆收场，未能尽兴。那个前来相会的女子，离开时可曾慌乱地来不及穿上鞋子？柳永说，朝夕云雨才能满足。这大概也是李煜的希望。

男人多像偷腥的猫。倘若无须再偷，还能对昔日情人保持热情的，才更接近长长久久的爱情。幸好，李煜对小周后的情感，确是爱情。

但不管爱有多深，情有多浓，李煜幽会小周后，还是要屏退左右，既为避人耳目，更因自古“偷情多为两人事”。当然，也有人不迭地打破了这一惯例，譬如张生和崔莺莺相会，还需要一个红娘来牵线引路。

元代王实甫的《西厢记》中有莺莺幽会张生的桥段。只不过，和形单影只、自提金缕鞋的小周后相比，莺莺身边多了个红娘，红娘甚至连鸳鸯枕都替她准备好了。崔莺莺“羞搭搭不肯把头抬”，小周后“一向偎人颤”“教郎恣意怜”，一个抱枕，一个提鞋，两样的风姿，一样的情怀。

豪门深闺里的小姐，已有了偷情的胆量。至于民间女子，其情意表露得就直接了。明代有一部由民间小调集结成的《挂枝儿》，其中有一首《耐心》，抒的是女子偷情不成的心绪。

熨斗儿熨不开眉间皱。快剪刀剪不断我的心内愁。绣花针绣不出鸳鸯扣。两下都有意。人前难下手。该是我的姻缘。哥。耐着心儿守。

小周后的心思，大抵和这位叫着“哥”，让情郎“耐着心儿守”的姑娘一般无二。南唐的后宫虽不是郑人的野草地，也不是明代平民女子的香闺，但再严明的礼教与伦理，也束缚不住两颗擦出火花的心。倘若白日不能正大光明地相会，那就趁个花明月暗，幽会在画堂南畔吧。

至于多年后国破家亡，小周后为赵光义所辱，后主只能“婉转避之”，那又是后话了。当初的日子有多美好，就更衬出后来的时日有多糟糕。昔日的你侬我侬，已是尘归尘、土归土，极尽旖旎繁华，不过是一捧水月、一掬水流沙。

花开烂漫，遍地残红

菩萨蛮·蓬莱院闭天台女

蓬莱院闭天台女，画堂昼寝人无语。抛枕翠云光，绣衣闻异香。

潜来珠锁动，惊觉银屏梦。脸慢笑盈盈，相看无限情。

每想起小周后，都觉痛惜不已：她经历了人间大喜大悲，曾集万千宠爱于一身，也曾为所爱的人受尽凌辱，在二十八岁的大好年华，像玉环、飞燕一般，化作尘土。然而，史书上却没有她的名字。

她是南唐重臣周宗的女儿，大周后娥皇是她的姐姐。姐妹二人先后嫁给李煜，成为南唐国母，后人以此排序，称她为“小周后”。终其一生，她都被拿来和才貌无双的姐姐比较。纵使新婚情浓时，也没能拦住李煜对大周后的怀念，写下一首又一首悼亡的诗词。

另有人说，小周后字女英。传说中，尧帝有一双女儿分别叫娥皇、女英，都嫁给舜帝为妻。后来舜帝死于苍梧，娥皇、女英泪染青竹，竹上生斑，便为“湘妃竹”。小周后出生时，娥皇已经十四岁，父亲周宗应当不会料到，这两个孩子会先后嫁给同一个男人，不大可能会给她起这样充满宿命意味的名字。“女英”之说，极可能是后人附会，便给李煜、娥皇与她之间的关系，罩上了一层难以逃脱的宿命之网。

小周后还有一个称号：郑国夫人。这是赵匡胤赐封的。

公元975年，李煜成了赵匡胤的俘虏，被押到开封，小周后一路相陪。赵匡胤恼怒李煜几次三番地违背命令，赐封“违命侯”，以作羞辱，同时封小周后为“郑国夫人”。彼时李煜已自身难保，不能为她擎天劈地，甚至不能护她周全。

翻遍史书，不见她的闺名。想来她定不愿被唤作郑国夫人，便也只能叫她小周后。

李煜迎娶娥皇时，小周后还是五岁幼女，烂漫天真，聪敏活泼。他们最早的相逢或许便在那场盛大奢华的婚礼上。那时的李煜已是个挺拔风流的青年，所有心思和好奇都被娇妻吸引，即使小周后偶然入得他的眼，也不过是顽童一个。

因是皇亲，小周后从小就出入南唐后宫，并得到了李煜的母亲圣尊太后的喜爱。圣尊太后常常召她进宫，陪在自己左右。李煜向母亲请安时，大概也曾见过她，只是那时她尚未长成，姐姐娥皇却风华正盛。

他们还没碰撞出任何情感上的牵绊，周宗便敏锐地感知到了南唐江河日下的国运，为避免祸及自身，他决然告老还乡，带着次女回了杭州。如果不是因为大周后病重，李煜和小周后这一别，或许就会从此山水不相逢。

正因为世间有太多不能成真的“如果”，才有了更多的恩怨情仇、悲欢喜乐。娥皇病重时，小周后赶赴金陵，住进了南唐后宫。

当时大周后病卧多日，又因刚刚痛失爱子，形容枯槁，“国色”全无。李煜虽然百般安慰，但丧子之痛和亡妻之惧同样折磨着他。

这时候，小周后来了。

她十五岁，刚刚及笄，一枚金簪把她的头发挽起。

刚刚成年的小周后，如含苞的花骨朵，散发出一种蓄势待发的美。她来自民间，给礼教森严的宫廷，带来一股独特的热情与活泼，像清新的风、清凉的雨、透亮的月光，猝不及防地，闯入彼时死气沉沉的后宫，闯进李煜的心里。

《南唐书·昭惠后传》形容小周后“警敏有才思，神采端静”，赞她“貌尤绮丽”。与大周后的天姿国色相比，小周后的美更多了小家碧玉的澄净。如果说大周后像雍容华贵的牡丹，那么十五岁的小周后就如素雅清新的李花，洁白得如同一张等待落笔泼墨的宣纸。

小周后入宫时，大周后虽风姿不再，但李煜尚有保仪黄氏、嫔御流珠等人。据《马令南唐书》所载，黄氏“容态幸鹿，冠绝当世。顾盼颦笑，无不妍姣。其书学技能，皆出于天性”，流珠也貌美多才。至于李煜舍黄氏、流珠而宠幸小周后，清人张寒坪曾有诗云“保仪玉貌流珠慧，输尔承恩最少年”，认为她们都输在不及小周后年少。

李煜已年过不惑，对着眼前纯真烂漫的少女，不知不觉就动了心。尤其画堂一见，更让他欲罢不能。一首《菩萨蛮》，便是二人情转浓时的情形。

午后，太阳慵懒地洒下光辉，李煜要私会“天台女”。

“天台女”一说出自《搜神记》。东汉时，刘晨、阮肇到天台山采药，路遇两位美丽女子，受邀到对方家中做客，后来被招为夫婿。半年之后，刘、阮二人思念家人，不顾女子阻拦告别归去，却发现连自己的七世孙都已须发皆白。他们这才知道是入了仙境，等回到天台山，却已不见两位仙女的踪迹。

李煜不想步了前人的后尘，他要将爱情牢牢把握，这种坚定的心意于“闭”字中可见端倪。在李煜眼中，小周后是仙女一般的人物。仙女本不应在凡尘里，但李煜已把她关在“人间”，从此可以相守白头。失去的恐惧，瞬间化作尽在掌握的满足与自得。

李煜的词多明白如话，此番却用“天台女”暗喻小周后，包含着令他词穷的激赏。像她那样的女子，居所也定然不俗，李煜称之为“蓬莱院”。据《史记·封禅书》记载，蓬莱仙山是神话中最美的仙境，白居易曾以“山在虚无缥缈间”来形容。

南唐的后宫，未必恰好就有以蓬莱为名的宫院，唐代倒有一座，初名大明宫，后被唐高宗改为蓬莱宫，以含元殿为正殿。李煜词中的“蓬莱院”，应是取“蓬莱宫”化而用之。不过，唐朝的蓬莱宫象征着至高无上的皇权，诗中曾有“千官望长安，万国拜含元”的说法，在李煜笔下，这处蓬莱院，俨然成了藏娇之地。

彼时，美人正在午睡，殿内静悄悄的，连鞋子摩擦玉石地面的声音都清晰可闻。她平日被簪起的发髻散乱着，如乌云翠玉散在枕间，偶一翻身，若有若无的幽香就荡了过来，醉了词人的嗅觉，更醉了他的心。

他不忍心吵醒她，连推门的动作都小心翼翼，可绕过珠帘时，还是弄出了细碎的响动，睡梦中的人被惊醒。她还未睡足，但乍见意中人前来，还是立刻绽放出花一般的笑容。

两人四目相对，千言万语，都在眸中。

深宫里的女人，从来都是整好妆容，从早到晚地等待君王，日复一日，年复一年，望穿秋水，望断碧梧墙院，直到春来春去苍老了容颜，花开花落消磨了激情，仍只能在帝王怀拥新宠时，暗自垂泪。

小周后却能散着髻发，懒着身形，等来李煜亲顾。这别样的风姿，显然已化入李煜的心底。词中未曾仔细摹写她的容貌，却已活色生香。

史书之外，除许蒿庐一句“弱骨丰肌别样姿，双鬟初绾发齐眉”，竟少有人着墨描绘她的容貌，让人不禁更加好奇。

关于小周后的样貌风姿，清代画师周兼的《南唐小周后提鞋图》本可作为推断依据，可惜画已失传。宋代也曾有人以小周后入画，但画里却全是屈辱辛酸。这幅画，便是《熙陵幸小周后图》。

小周后随李煜入宋，成为俘虏，后被宋帝赵光义看中，“例随命妇入宫，每入辄数日而出”。据传，赵光义还曾招来宫廷画师，命其画出他行幸小周后的场景。

这张以帝王为主角的画作，竟是一张春宫图。

在《万历野获篇·果报·胜国之女致祸》中，明代人沈德符称他曾在朋友处见过这幅画，“太宗头戴幞头，面黔色而体肥，器具甚伟；周后肢体纤弱，数宫人抱持之，周作蹙额不能胜之状。”明代姚士麟的《见只编》，也为沈德符的说法提供了佐证：

余尝见吾盐名手张纪临元人《宋太宗强幸小周后》粉本，后戴花冠，两足穿红袜，袜仅至半胫耳。裸身凭五侍女，两人承腋，两人承股，一人拥背后，身在空际。太宗以身当后。后闭目转头，以手拒太宗颊。

太宗是否命人绘制过这样的春宫图，并无正史可考。但以史料和民间传闻来看，他确曾行幸小周后，而小周后每次归去必痛骂李煜，可见她确是被迫。

据沈德符描绘，图中题跋颇多，其中元人冯海粟的题跋令他印象最为深刻。

江南剩得李花开，也被君王强折来。
怪底金风冲地起，御园红紫满龙堆。

当江南李花开得正艳的时节，她昼寝画堂，李煜疼惜她，甚至不忍打搅；但被强行掠至苦寒的北方后，她却被迫成了春宫图的主角，受辱至此。乱世如暴风骤雨，弱质女流就似在枝头摇曳的花朵，越是娇嫩，越容易在雨打风吹中风流散尽，留下遍地残红。

小周后本是个如清新李花的女子，名字不见于史册，样貌却见于春宫图里，后人除了叹一声红颜薄命，又能如何？只有记着她“盈盈十五时”的娇嫩，数说着她和李煜“相看无限情”的短暂幸福，把她的形象定格在江南李花开正艳的时光中。那一份温柔缱绻，是李煜给她的。

唯有如此，遗憾或许才能稍减几分。

缘定三生，百转千回

菩萨蛮·铜簧韵脆锵寒竹

铜簧韵脆锵寒竹，新声慢奏移纤玉。眼色暗相钩，秋波横欲流。

雨云深绣户，未便谐衷素。宴罢又成空，魂迷春梦中。

旁观别人的爱情，总喜欢问一句“为什么”：为什么迷恋，为什么分离，为什么缘深情浅，为什么爱能生恨……痴爱与情断，总该有个理由吧？倘若爱的理由不被世人接受，纵使相思憔悴了容颜，在别人看来也不过是一场笑谈，比如张爱玲爱上胡兰成；倘若分开的理由不被认可，斩断情丝的那个，无疑会被贴上负心的标签，比如抛弃卓文君的司马相如。

很多人是因为一句“刬袜步香阶，手提金缕鞋”初识李煜，于是对他的认知便从审视他的爱情开始。

自古以来，帝王身边从不缺少女人，却大多与爱情无缘。爱情里若是掺杂太多和它本身无关的算计，计谋的冰冷便淡了风月的多情。帝王宝座人人觊觎，处于权力斗争的旋涡中心，必须使出浑身的智慧和勇气，才不至于被旋涡吞没。有时候，他们也不得不牺牲爱情，与权臣望族联姻。

李煜的第一桩婚姻，多少也散发着“联姻”的味道。十八岁奉旨与娥皇完婚前，恐怕李煜并不知道对方是不是美貌，是不是温柔，是否能陪他月下抚琴、风中吟诗、梧桐树旁说春秋。即便如此，他只能惴惴，却不能拒绝。

他对未来的妻子并不了解，但对未来的岳父却很熟悉。

娥皇的父亲周宗是南唐开国功臣，年轻时为李煜的祖父李知诰立国奔走呼号，之后又劝谏李璟继承皇位。李知诰建国后，曾在崇英殿设宴，只请三人入席，周宗是其中之一；李璟在位时，曾在筵席上当众为周宗整理头巾，以表尊崇。

君主笼络重臣，最廉价而最有效的方式之一，便是给他们皇亲国戚的尊崇地位。于是皇子公主就成了父亲的筹码、皇权的工具，一生的幸与不幸，只凭天定。

和娥皇成亲时，李煜也算得上是这样一枚“筹码”，没有两情相悦，只有忐忑不安。好在天命待他不薄，李煜渐渐发现娥皇不仅有月貌花容，还能与他诗词唱和。更让李煜意外的，是娥皇的音乐造诣甚至胜过了自己。

娥皇善弹琵琶。李璟曾听过娥皇演奏，曲罢终了，余韵尚存，令李璟赞不绝口，把自己喜欢的烧槽琵琶赐给了她。宝剑赠烈士，红粉赠佳人。一把烧槽琵琶，是善音律的李璟对娥皇的嘉许。

于李煜而言，最初有多忐忑，后来就有多惊喜。娥皇复原了《霓裳羽衣曲》，把李煜的惊喜推向了最高潮。世人总道婚姻是爱情的坟墓，而李煜的婚姻，在宫商角徵羽的滋养中，成了爱情的生发地。

李煜的婚姻，政治为媒；但李煜的爱情，音乐为媒。花为媒、月为媒，均不及琵琶曲中结下的这段良缘，充满惊喜，如柳暗花明，风流了千年。

在音乐上的共识促成了李煜和娥皇的爱情，那么，李煜又是缘何爱上小周后的呢？遍翻史书，除了美貌，实难找到对小周后才艺的记载，后人更多在想象中将她幻化为娥皇年轻时的模样，认定她一定像大周后一样貌压群芳、诗书画精绝，更重要的是能歌善舞。后人之所以作此联想，很大程度上是因为李煜对音乐的执念，能得到他的爱慕的女人，应该也善音律。

爱情是人群中惊鸿一瞥，然后目光相遇，气味相投——说不清相爱的理由时，便只好如此解释，仿佛情人必以知音为前提。于李煜而言，他生命中不能缺少音乐，就像刘伶爱酒、黛玉爱花，就连国破家亡后，他还令歌女日日高唱国殇之曲。

这首《菩萨蛮》中的男子，似乎也感染了李煜对音乐的痴迷，对酒宴上的吹箫女一见钟情，宴罢后再见无期，忘不了却见不到，以至于生了心魔。

宴席上，美女如云迷人眼。觥筹交错之际，悦耳的箫声穿透世俗的喧哗纷扰，像流入男主人公心田的一汪清泉，顿时，无论是浓妆艳抹的脂粉美人，还是满盘珍馐和玉瓶美酒，都丧失了吸引力。男主人公所有的思绪，都在箫声的牵引和撩拨下，起起伏伏，忽得到了九霄云外，忽又坠入深海水晶宫，浮浮沉沉，令人不由得屏住了呼吸。后来，他的目光不知不觉地移到了吹箫人的手指上，指如削葱根，纤细嫩白。美人手指不停移动，曲调越发撩人，男主人公更是如痴如醉。

有人曾说："女人是用耳朵恋爱的，而男人如果会产生爱情的话，却是用眼睛来恋爱。"这首词里，男子那斩不断的爱慕，却是由传入耳中的音乐引发的，不过，女子的美貌对男子胸中的情海必然是能推波助澜的。试想，如果这吹箫女才艺双全，偏偏面相如孔明之妻黄月英，文史词章无一不通，相夫教子个中好手，却偏偏一头黄发、身形猥琐，即便算不得焚琴煮鹤，也会是桩遗憾。

幸而她有双会说话的眼睛，盈盈如一泓秋水，清可见底，却勾魂摄魄。李煜擅长白描，前期作品还不见“四十年来家国，三千里地山河”的气势，多于细微处见真章，此处便以细腻的局部描写勾起对整体的遐想。按其一贯风格，词中人物的整体形象必和所描绘的局部形象一致。“秋波”常用来比喻美人双目，然而，苏轼的“佳人未肯回秋波”少了温度，朱德润的“两两秋波随彩笔”多了雕琢，皆不及李煜这一句“秋波横欲流”灵动传神。眼波流转处，女子明眸善睐、热情又纯情之态呼之欲出。

这个“眼色暗相钩，秋波横欲流”的女子，纵使没有倾城容颜，也一定有令人销魂蚀骨的风韵。

在席间发过痴，用眼神调过情，接下来会发生什么？女人恋爱时，最先想到的是生生世世不分离，男人嘴里说着缘定三生的承诺，脑海里想的却多是鱼水之欢。张生初会崔莺莺时想的是这桩事，贾宝玉梦游太虚幻境也是如此。

李煜词中这男子也未能例外。他恨不得把这宴席变作闺房，好和吹箫女成了好事。然而他很快阻止自己继续联想，“未便”二字倒勉强有了自律的意味——大概是因为这样的女子，若成不了恋人，也可引为知己，只惦记着情欲，岂非唐突佳人。

美好时光多易逝。宴席散罢，曲声绕梁不绝，吹箫的人业已离去，只留下因情而痴傻的男子，徒劳想念着那曲、那人。宴席散去，好梦成空，或许从今以后，他若想与她再见，就只能在梦里了。

“空”是男子和吹箫女的归宿。因音乐结缘而最后好事“空”的旧事，实在不少。

在唐代的一本传奇小说中，书生李益爱上了歌舞妓霍小玉，两人以红烛为媒，美酒为约，互许终身，恨不得日日夜夜耳鬓厮磨。可是，越是情深，考验便来得越快。李益为朝廷委以重任，离开前发誓决不相负。霍小玉苦候情郎，却等来对方移情别恋的消息——他已迎娶了能助其仕进的表妹卢氏。霍小玉郁郁成疾，最终悲愤交加而死，魂魄变为厉鬼，誓要报复。

因霍小玉通诗文、善歌舞，声名在外。两人初见时，李益便请霍小玉唱歌。霍小玉最初不肯，后在母亲强迫下才答应了，“发声清亮，曲度精奇”，李益听罢一曲，便坠入情网不能自拔。这便是这场孽缘的开端了。

好在李煜的爱情，没有以这个“空”字收场。在李煜的爱情中，音乐是必需品；但对李益来说，歌舞之娱可能不过是锦上添花，远不及功名利禄更加诱人。

汉代班婕妤也曾以音乐征服了汉成帝。圣眷正浓时，汉成帝夸赞她的古筝能净化心灵，但赵飞燕得宠后，班婕妤便被冷落疏忽，简直像被打入了冷宫。在这个故事里，音乐不及美色。

音乐似能撩拨心性，动人情感，但往往来得快的，去得也急，甚至一曲未奏，情感已生了质变。所谓爱情，常常就是这么一种禁不住诱惑的东西。由音乐催生的情怀，更是如镜花水月一样。

于是，“魂迷春梦中”的结局，到未尝不是好的。有美梦可做，有美人可念，总比丑陋且无望的现实更易让人得到安慰。所以，便格外感谢《菩萨蛮》中那个痴迷但懂得克制的男子，让人还能对爱情保持着最美好的想象。

生死两茫，空余梅香

谢新恩·秦楼不见吹箫女

秦楼不见吹箫女，空馀上苑风光。粉英金蕊自低昂。东风恼我，才发一衿香。

琼窗梦笛残日，当年得恨何长。碧阑干外映垂杨。暂时相见，如梦懒思量。

瑶光殿旁的梅花开放时，粉嫩的花朵在枝头摇曳，像撒娇的孩子，等人来哄。

如果大周后陪在身边，李煜一定会轻抚花枝，把散发着幽香的梅花递到爱妻鼻侧，和她一起沉醉于芳香。对着这片梅花，他或许会作新词，而她必会谱上新曲，留一段琴瑟和谐的佳话。事实上，此时李煜“天教长少年”的愿望已经成空。伴他十年的大周后，在风华正茂时撒手人寰。

大周后生前居住的瑶光殿，本是温柔乡，如今却成了伤心地。他不想再来，怕徒增伤心，但还是忍不住来了。恰逢梅花盛开，一派云蒸霞蔚的美景，着实刺痛了李煜的双眼。

这种痛，比“人面不知何处去，桃花依旧笑春风”的惆怅要胜百倍。“不知何处去”的佳人，或许有了更好的归宿，但和李煜耳鬓厮磨整十年的大周后，却孤零零地去了一个春风不到、梅花不开的寂寞世界。

这片梅花是李煜和大周后一起种下的。相约花开赏梅的他们，当初并没料到这个约定会实现无期。徘徊于瑶光殿外，昔日你侬我侬的情意重现眼前，苦闷无计的李煜索性怨起了梅花：

失却烟花主，东君自不知。
清香更何用，犹发去年枝。

《梅花》诗言辞虽直白，情感却深婉。李煜如泣如诉：梅花啊，你的主人已经离去，你却竟然不知！纵使再美再香，又有何用！

李煜自言“壮岁失婵娟”，长叹再无知心人能陪自己种梅赏梅。

不只瑶光殿旁，寻遍南唐后宫，到处可见娥皇的影子。她为他，费尽心血复原《霓裳羽衣曲》，在教坊内反复奏响琵琶，教授宫人，陪他寻春禁苑内，马踏清月夜……纵使李煜邂逅了小周后，两人情浓时，他也不敢设想失去娥皇的生活。这个才貌双全的女子，是上天送给他的礼物，然而，自古美人如名将，不许人间见白头。

她终于还是去了，空余上苑风光。此后一段时日内李煜的生活状态，于《谢新恩》中可见端倪。下阕首句虽有缺字遗憾，幸不影响整体表达。

“秦楼不见吹箫女”一句用典。据《东周列国志》记载，秦穆公的女儿弄玉和善吹箫的萧史因箫声结缘，在秦楼共居十年，鸾凤和鸣，最终乘凤而去。李煜以“吹箫女”代“琵琶女”，言善弹琵琶的大周后已经逝去，就连李璟赐给她的烧槽琵琶，都随她长埋地下，如今留下李煜一人，形单影只。

昔日的上苑羯鼓声响、歌舞醉人，现在虽仍有迤逦风光，但已无人欣赏。花开花落本是自然规律，就如生死，非人力能够决定。这道理如此浅显，但词人仿佛今日才懂得。东风恼怒他的后知后觉，不甘不愿地只吹来一缕香气。

残日照琼窗，往昔的华美映衬着今日的悲凉，当年爱意有多浓，今朝痛苦就有多深。悲至高潮，眼前的景物却又明快起来：杨柳于风中媚态万千，好一片盎然春意。李煜不禁起疑，这美景是不是美事的预兆，难道能再见娥皇吗？哪怕是瞬间瞬间，他也会满足。他非常明白，再相逢也只能是在梦里，于是便“懒思量”。

黄粱一梦终成空，他不想自欺欺人，换来更大的失落。

与亡妻梦中相见，只会徒增困扰。这种痛苦，宋代的苏轼亦品尝过，才有一首千古悼亡之作《江城子》，让人泣下沾襟。

十年生死两茫茫。不思量，自难忘。千里孤坟，无处话凄凉。纵使相逢应不识，尘满面，鬓如霜。

夜来幽梦忽还乡。小轩窗，正梳妆。相顾无言，惟有泪千行。料得年年断肠处，明月夜，短松冈。

时光荏苒，苏轼的生活想必是不如意的，又怀思深切，以至于容颜憔悴，“尘满面，鬓如霜”，纵使能与妻子再见，她恐怕也认不出自己了。失去大周后的李煜，未尝不是这种潦倒情状。这个衣着用度甚至对香料都十分讲究的男人，在大周后病重期间，精心照料，喂她吃饭，替她尝药，困了便和衣而睡，哪里还有昔日檀郎的半分风流。

福无双至，祸不单行。大周后身体每况愈下，幼子仲宣又不幸夭折。丧子之痛啃噬着李煜本就善感的心，其哀痛之深，在他写下的祭文里清晰可见："与子长决，挥涕吞声。"其中一句"空王应念我，穷子正迷家"更令人肝肠寸断——孩子尚且年幼，正是恋家的年龄，乖蹇的命运怎就忍心把他带走！

那段时间，李煜常常泪流满面，但在病重的娥皇面前，他还要强颜欢笑，并严令封锁仲宣夭折的消息，只怕加重娥皇的病情。

对这段历史，史书有载："仲宣殁，后主恐重伤昭惠后心，常默坐饮泣，因为诗以写志，吟咏数四，左右为之泣下。"

在他几近崩溃的边缘，娥皇还是知道了真相，不久便也去世了。出现在娥皇葬礼上的李煜，不再是那个"明俊蕴藉"的青年，他目光呆滞，形销骨立，不拄拐杖已经不能站立，比起苏轼的"尘满面，鬓如霜"，有过之而无不及。纵使娥皇再生，在这茫茫人海中，她还能认出她的"檀郎"吗?

苏轼与妻子梦中重聚，"相顾无言"，默默吞声饮气。若李煜在梦里再见娥皇，又能说些什么？告诉她自己独寝多日，恐她担心；告诉她教坊缺了新曲，恐她伤神；告诉她长子仲寓一切安好，又怕她想起早夭的仲宣。原是无话可说，只能徒添伤感。

相见不如不见，不见却又惦念。这一腔愁苦，李煜蘸着掺和了血泪的浓墨写出，便是一首首悼亡诗词。他还曾写下长达数千字的《昭惠周后诔》，追忆帝后共度的美好时光。

丰才富艺，女也克肖。采戏传能，弈棋逞妙。媚动占相，歌萦柔调。兹鼗爰质，奇器传华。翠虬一举，红袖飞花。

在李煜心里，大周后便是如此完美的存在。不知时光是否美化了他的记忆，总之，他印象中的大周后才貌德三全，实是古代女子的典范。长文中有十几处“呜呼哀哉”，皆发自肺腑，也引人跌入无尽哀思。

在《昭惠周后诔》的结篇处，李煜署名“鳏夫煜”。“鳏”本是一种喜欢独来独往的鱼，“鳏夫”是成年无妻或丧妻的男人。李煜虽未必有三宫六院七十二妃，但后宫中绝不止大周后一人，有史书可查的就有保仪黄氏等人，此时他与小周后也日益情深。他称自己为“鳏夫”，足见后宫里并无人能取代娥皇在他心目中的地位。历代帝王中，如此自称的，除李煜外再无他人。

然而，大周后的诸般好处，或许也不是让李煜哀痛欲绝的全部理由。

有人曾说，一个女人要想让一个男人把自己烙印在心，或是为他殉情，或是让他永远无法得到自己。对于重情者而言，还有第三条路可走，便是让他愧疚。李煜对大周后，的确心怀歉意。他和小周后的种种情缘，在娥皇病重期间种下。他对妻子的恩宠虽未消减，但大周后发现端倪时，还是被伤透了心，她“恚怒，至死面不外向，故后主过哀，以揜其迹云”。按照陆游在《南唐书·昭惠传》中这段记载，大周后该是带着怨愤离世的。

不过，民间另有说法，传说大周后死前曾留下遗言：“婢子多幸，托质君门，冒宠乘华，凡十载矣。女子之荣，莫过于此。所不足者，子殇身殁，无以报德。”便是说，直到临终前，她仍以能嫁给李煜为荣，所以辞世时没有怨恨，只有不舍。

不论娥皇有怨无怨，怨深怨浅，李煜心里终归还是觉得歉疚。他怨梅花、恨天公、怯春风、懒思量，这一切一切，都杂糅着说不清的爱与愧。这纠缠不清的情愫，还有瑶光殿旁盛开的寒梅，一同成了这位帝王词客笔下的风景，也被葬在他的心里。

陌上相思，绕指成殇

喜迁莺·晓月坠

晓月坠，宿云微，无语枕频欹。梦回芳草思依依，天远雁声稀。

啼莺散，余花乱，寂寞画堂深院。片红休扫尽从伊，留待舞人归。

这汹涌而来的思念，大抵是多日以来已在心里埋好了伏线，以至于连入梦时，李煜也舍不得将其丢掷一旁。然而梦中多少事，他只字未提。到了拂晓时分，晓月坠沉，宿云如缕，他沉默地独倚山枕，仍然没能从那个无人知晓的梦里回了魂。

怕的是，一旦从梦中惊醒，思念就会山呼海啸而来，将人淹没。就像阳春三月的柳絮和杨花，经过一整个冬天的蛰伏与沉寂，春风一叩响门扉，它们便纷纷扬扬而来，让人痒而难搔，烦而无措，只能任由它们肆意驰骋，也放任自己忘了现实，乱了方寸。

大周后的辞世仿佛还是昨日的事情，但时光却没有因为李煜的伤心而做片刻停留。瑶光殿旁的梅花开了又谢，萋萋芳草像是绵延不断的思念，爬满坟茔。

墓冢上不见新土，君王侧却见新人。

不管李煜因娥皇之死如何伤神，宫中往来如梭的宫娥、内侍，却大都只见得宠的小周后脸上那愈发耀眼的光彩。他们自然没有指指点点的勇气，但也少不了腹诽：自古“只闻新人笑，哪见旧人哭”，果然不假！

这样尴尬的现实，成了对深情帝王的无言讽刺。

可是李煜对大周后的情意，也不能被完全否定。他从来不是一个善于决断的男人，于国事如此，于感情亦然。他爱慕小周的如花年华，又贪恋大周的温婉贤淑，何况，他本来就是应享齐人之福的君王。

于是，李煜心安理得地躺在温柔乡里，朝左看看，是他的白玫瑰，朝右瞧瞧，红玫瑰艳丽得仿佛盛夏傍晚的云霞，璀璨得像是在用生命燃烧。

也许每一个男子全都有过这样的两个女人，至少两个。娶了红玫瑰，久而久之，红的变了墙上的一抹蚊子血，白的还是“床前明月光”；娶了白玫瑰，白的便是衣服上沾的一粒饭黏子，红的却是心口上一颗朱砂痣。

今人张爱玲，对那想着同时拥有红白玫瑰的男人，言辞何其刻薄。李煜是幸运的，他把两朵玫瑰都插进花瓶，并且没有像其他男子那样天长日久就生了厌倦。但令他始料未及的是，所期待的天长日久，拦不住造化的横刀一挥。大周后芳年早逝，白玫瑰在花开最盛时经了疾风骤雨，零落成一地残花，一缕芳香也终被冷风无情卷走。

此间种种，让敏感的李煜，不能不遗憾，也无法不悲伤。

在一个无人相伴的漫漫长夜，对佳人的思念就像浓的化不开的夜色，铺天盖地地涌来。从梦境到现实，思念无孔不入，左突右闯，直撞得一颗心都疼了起来。

想必，大周后的芳魂应入了他的梦。在清醒时无法抵达的相逢中，他们互相倾诉别后的悲伤和思念，缱绻相偎。

直到凉风钻进室内，孤枕的帝王蓦地惊醒，见窗外晓月坠，宿云微，才知此前的片刻温存不过是一场让人沉醉的大梦。梦回时，才愈发察觉美梦的残酷——梦里的温柔缠绵，只化作醒来后的凉衾冷被。他把一腔思念放逐，循着延伸到天涯尽头的芳草而去，但天远地长，佳人身影难觅，就连鸿雁的叫声都依稀难闻。

鸿雁难寻，如何传书？

原来，当天人永隔后，却是连思念都无处寄放了。

向前追溯几百年，也曾有帝王像李煜一样，陷入相思无处安放的痛苦里。

李夫人病逝后，汉武帝刘彻日夜思念，食不知味，寝不遑安，命画师画了李夫人的肖像，挂在甘泉宫日夜相对，还是难解相思苦。后来，有齐国方士少翁先生说可招来李夫人亡魂，与汉武帝相聚。武帝大喜，命他速行法事。

果然，在夜晚的烛光花影中，李夫人的魂魄姗姗而来，在层层帷帐的遮掩下，袅袅婷婷地走来走去。武帝大喜，想上前握住李夫人的手倾诉心声，谁知光影摇曳，那身影突然就消失不见了。

有后人言，那方士只是和念妻心切的汉武帝开了个玩笑——帷幕中晃动的，不过是一个依照李夫人体形做成的布偶。但不明真相的汉武帝还是悲伤地感叹："是耶，非耶？立而望之，翩何姗姗其来迟？"

或许，英明神武如汉武帝，本就知道这是一个骗局。但是，当满怀愁绪无处寄存时，他心甘情愿地选择被欺骗。

若是李煜此时也遇见一位善于察君言、观君色的方士，他应该也是愿意被骗一次的，然后，他就可以对着那明显不同于娥皇的身影，自欺欺人地安慰寂寞的心。

李煜是寂寞的，即使身处后宫佳丽的环绕中，即使有小周后温言软语来安慰。既因为落在帝王家的天生孤独，还因为那颗对万事万物有天生敏感文人心，即便大周后在世时，这份冰封的寂寞也未曾被彻底融化。只不过大周后病逝的那个冬日，较之往年又冷了许多。直到冬去春来，直到暑气又踢踏着脚步挤走暮春，李煜还是只能徒劳地，用左手温暖右手。

娥皇病故后，李煜很长时间没有唤人侍寝，连风头正盛的小周后，也受了冷落。《喜迁莺》所记的，正是这样一个孤独的长夜。

梦回人醒，长夜到了尽头；莺散花乱，原来春天也即将挥手。雁声稀少，啼莺也纷纷振翅而去，似有别处风光更加迷人，总会比这残花乱舞的寂寞画堂多几分生气。李煜在宫殿园囿里来回踱步，小心翼翼地避开尘土上凌乱的落花。有机灵的宫人见状，赶紧过来打扫，李煜却摆手喝止。

“片红休扫尽从伊，留待舞人归。”随它落红满地，无需打扫，只盼那不知身在何处的“舞人”早日归来，也看一看这最后的春景吧！

这是大周后去世后的第一个春天，李煜独自度过。他多希望能盼回舞人归，盼她再迎风而舞，卷起这落满花园的片红，不知那将是怎样一幕令人心动的风景。

可惜李煜自己格外清楚，他心心念念的舞人，是不会再回来了。就像甜蜜的梦留不住，将逝的春景、已逝的美人，都是唤不回的。

桃李依依，此情无计

蝶恋花·遥夜亭皋闲信步

遥夜亭皋闲信步。乍过清明，早觉伤春暮。数点雨声风约住，朦胧淡月云来去。

桃李依依春暗度。谁在秋千，笑里低低语？一片芳心千万绪，人间没个安排处。

公元968年，南唐的礼官们遇到了一桩让他们格外困扰的事——李煜要迎娶大周后的妹妹，但他们不知道该用何种礼仪。

李煜虽然急于完婚，但他没有怪罪礼官。祖父立国传位至他，李氏家族统治南唐才不过三代。祖父和父亲均在尚未登基时就已成婚，李煜迎娶娥皇时只是个普通皇子，还没成为储君。皇帝大婚，这在南唐没有先例可循。

帝王的婚事关乎国体，礼官们这样想。在李煜心里，想得更多的却是如何给心爱的女人一个风光的婚礼。这关乎仪式，还关乎名分。在皇帝的授意下，礼官们遍翻史书，研究历代帝王大婚时的礼仪。

数月后的一天，金陵城内人头攒动，通往皇宫的道路两旁更是人山人海。后排的人踮着脚，仍被前面层层人墙遮蔽了视线，看不到大路上皇家迎亲的队伍，只听见飘在空中的乐声。于是，有的人爬上树，有的人攀上房。

人声鼎沸，他们谈论的都是同一个话题：皇帝要迎娶新后了，而这新后，还是刚逝去的大周后的妹妹。

在此之前，这桩皇家风流韵事已不再是秘闻，甚至连李煜所作的“手提金缕鞋，刬袜步香阶”的词篇，也成了酒楼茶社里酒友茶客的谈资。

鞭炮声、欢呼声、丝竹声、议论声，还有红盖头下小周后的呼吸声，相互缠绕交织，在李煜耳边汇成新的乐章。从此以后，小周后就是他明媒正娶的妻子，可以耳鬓厮磨，暮暮朝朝。

可是，这桩喜事没能得到南唐百官的祝福，甚至有朝臣献上一首又一首阴阳怪气的诗词，伴着若有若无的讽意。大臣徐铉的“四海未知春色至，今宵先入九重城”，分明是影射李煜和小周后无媒而合、瞒着大周后偷情的往事。

李煜耳根发热但并未理会，身边有小周后相伴，他已经满足。倘若他真的畏惧人言，只怕这桩情事根本不会开始。

曾经，他看着小周后渐渐长成，风韵一日胜过一日，却不能光明正大地和她相守相慰，这是不能释怀的愁事。世人皆愿“人生若只如初见”，是因为逝去的光阴多能美化当时的瑕疵。李煜更重今夕，看着风姿气度不输当年的小周后，他庆幸此刻的拥有。

李煜还记得，当时大周后娥皇病卧在床，小周后是以探病之名进宫的。被病痛折磨日久的娥皇已不复倾城姿容，猜测到李煜和小周后的关系，她更是伤心欲绝，自此终日面朝床里而卧，不愿见到李煜。

汉朝时李夫人面朝里拒绝见到汉武帝，是因为怕汉武帝见到她憔悴的模样心生厌恶，不仅会忘了从前的美好，以后也不肯照顾她的家人。于是李夫人至死未见君王面。她故去后，汉武帝果然日夜思念，将她的画像悬于寝宫，朝夕相对，并写了一首《落叶哀蝉曲》倾诉相思：“望彼美之女兮，安得感余心之未宁。”夫人啊，你可能感受到我的怀念与思恋?

爱情真是件易碎品。

娥皇大抵没有李夫人那么深沉而长远的算计。她被丈夫和妹妹的感情所困扰，却无可奈何。于是，她颓然消瘦，并以此折磨着李煜。她陪伴李煜度过韶华时光，亲切得就像他的左右手。李煜衣不解带地看护，希望上天眷顾，将她留在人间。但对于酷肖娥皇当年的小周后，他又欲罢不能。

李煜陷入两难境地：既不能给旧爱以完整的爱情，又不能给新欢以名分。他本不该爱上小周后。可是陷落爱情里，有几人能做到防微杜渐？

李煜本该明白，爱上不该爱的人，代价并不只是受一场相思苦。爱情虽然有使人焕发青春光彩的魔力，但是有时候，爱情也催人衰老，即便瞬间绽放的光彩，也不过是濒死时的回光返照。更有些有违伦常的情感，刹那便会灰飞烟灭。曹植爱上兄长之妻甄氏，在现实中却不能有丝毫逾礼。纵有一场刻骨铭心的相会，却是在梦里。

曹植和甄氏情投意合，却毕竟于伦理不合。曹植压抑着疯长的相思，甄氏则因思念成疾，郁郁而终。一次宴会上，曹丕把甄氏的遗物玉镂金带枕送给了曹植。返回驻地的途中，曹植怀抱佳人遗物，思念更深。行至洛水，他深夜梦沉，竟好像望见甄氏凌波而来。惊醒后再无法入眠，于是曹植写下了《洛神赋》。

《洛神赋》原名《感甄赋》，一经作成便家喻户晓。或许曹丕曾在某个难眠的夜晚，读到了弟弟凝聚真情的奇文，一时间，甄氏的修眉俊目、丹唇皓齿、滑肤细腰，仿佛又出现在眼前。流连于逝者的寝殿，曹丕决定不再追究。

有时候，爱也会让人宽容。

但是，魏明帝曹睿却不能不在乎。身为甄氏的儿子，他觉得叔叔所题的这“感甄赋”三字实在荒唐，便下令改为“洛神赋”；而父亲去世时，群臣曾建议拥立曹植为帝，更令曹睿如鲠在喉。后来，魏明帝几次三番更改曹植的封地，令曹植受尽漂泊之苦。

不伦之恋，总会让当事者付出些代价，但仍有人如扑火飞蛾，捧着毒药也甘之如饴。情根深种的甄氏，憔悴了容颜，凋零了生命。小周后则放下了少女的矜持，也顾不得姐姐的埋怨，在嘲讽的目光中期待与李煜成双成对的一天。可是，她会不会步了甄氏的后尘？曹植忍受着相思，在铭心刻骨的怀念里度过余生。而李煜，会不会成为第二个曹子建？只恐到那时，何其风流的辞章，都不过是清明墓冢前的一声长叹。对这些，李煜了然于心，却无计可施。他和小周后的感情，娥皇容不得，世人看不惯。

然而不久之后，娥皇病重而逝。她尸骨未寒，沉浸在悲痛中的李煜就让小周后在宫中待年。古时候女子成年未嫁时，在闺阁中等待有缘人来提亲，是为“待年”。小周后在宫廷里“待年”，与李煜“刬袜步香阶，手提金缕鞋”的风流事又传于外，何人敢来提亲？待年之说，不过是金屋藏娇的幌子罢了。

没料到不久后，圣尊太后也去世了。按照传统，李煜要为母亲守制三年。眼看着小周后从弱骨丰肌的少女，出落成风姿卓绝的女人，李煜一心盼着早日给她个名分，却终是不能。

《蝶恋花》一首，寄托的便是李煜无处倾诉的愁苦。

清明刚过，长夜难眠，他信步而行。本是春意浓烈的时节，但他眼中春光并不明媚，绿树红花都被愁绪笼罩。濛濛细雨落梧桐，那滴滴答答的声响，竟然被风声遮盖过去了。雨停云收，月亮发出清冷的光。

“桃李依依春暗度”一句，和小周后的处境是多么契合。她从未笈时入宫，到嫁给李煜，跨越了五年时光。如果是从未出过闺阁的少女，又为家教、礼法约束，或许一直情窦未开、春心未动，这五年还不算难熬。然而，小周后却是那么早就遇见了让她措手不及甚至失了少女矜持的李煜，心被情丝缠绕，拨不开斩不断，只能等待。

她在最好的时光里沉默等待；李煜却被歉疚折磨。秋千架上，美人笑语嫣然，仍化不开他无处安排这一片芳心的愁绪。被等待是种幸福，也让人忧愁，李煜被幸福和歉疚撕扯着——谁能懂他这份“人间没个安排处”的心痛？

或许，陆游和唐琬懂得。他们本是一对佳侣，琴瑟甚和，但陆游的母亲却对唐琬有诸多不满，逼迫儿子休妻。陆游百般恳求无果，含泪写下休书。

几年后的一次偶遇，触发两人对旧事的追忆。各作《钗头凤》一首唱和，字里行间尽是痴情与痴怨。不久唐琬郁郁成疾，在萧索秋日化作一缕香魂，从此再不必咽泪装欢。

更早的汉乐府里，也有类似悲剧。《孔雀东南飞》诗前有序：“汉末建安中，庐江府小吏焦仲卿妻刘氏，为仲卿母所遣，自誓不嫁。其家逼之，乃投水而死。仲卿闻之，亦自缢于庭树。时人伤之，为诗云尔。”焦仲卿和刘兰芝被合葬在华山旁。山中松柏成行，梧桐茂盛，“中有双飞鸟，自名为鸳鸯”。鸳鸯每夜鸣叫到五更，仿佛在提醒后人：“戒之慎勿忘！”

爱情无处搁置时，悲剧就翩然而至。牛郎织女银河相望、孟姜女哭长城、梁祝化蝶，都把这种无奈演绎到了极致。

有风雨摧春，未到春末，残红已经遍地。世人都怕春过花残，李煜也怕。他怕春花一样的小周后来不及绽放全部美丽，就无声地凋谢在深宫里。

到小周后十九岁时，李煜终于给了她名分。彼时的她，和初嫁李煜的娥皇，一样的年龄，一样的青春。

可是，从宫内到坊间，从古到今，谈起大周后，人们总会想起她过人的才华、贤惠的德行，并为华年早逝的命运叹惋不休；但说到小周后，却莫不以桃色的眼光、轻薄的语调，数说提鞋偷会的风流。关于小周后和李煜的种种，仍多被视为乱伦。他们的婚姻，并未得到过祝福。

大周后病重时，李煜也曾软语温存，她去世后，被以国母礼仪厚葬；小周后为了李煜，即使被赵光义所辱也只能忍受，并在李煜死后自杀殉情。小周后自杀时只有二十八岁，比娥皇病逝时还小一岁。她做所的一切，鲜见后人一句赞语。只因那违反伦常的爱情，人间或许从未有过她的位置。

片刻温柔，回味终生

柳枝·风情渐老见春羞

风情渐老见春羞，到处芳魂感旧游。多谢长条似相识，强垂烟穗拂人头。

少有男子如李煜一般，桃李花草，乱红秋千，都能触发他的伤情，令柔肠百转千回。他为帝王时，词中既不见王者霸气，也少有皇室贵气，总有股道不尽的绵软情思，就像江南连绵不绝的细雨，润心无声。他在画堂南畔幽会，千顷碧波泛舟，夜晚深院待人归，亲切而真实；他看得懂笑向檀郎唾的女子，看得穿绿窗待芳音的思妇，细腻而贴心。如果不是有这样善感的心，那么他大概也不会为一个年华老去的宫女留下一阕词章。

据史料所载，李煜痴爱诗词音乐，他在宫中设有教坊，随侍左右的很多宫娥也都通音律、善舞蹈，庆奴是其中之一，她年轻时深得李煜垂青。

庆奴的相貌已不可考，但陪王伴驾的女子，纵使不是国色天香，也该有千种风情。然而，时光慢慢爬上美人的眼角眉梢，成了细细的皱纹，多了青春年华的庆奴，不复昔日风采。后宫里多二八佳人，这样一个并不年轻的宫女，会有怎样的结局呢？

不论是“三宫六院七十二妃”之说，还是“后宫佳丽三千人”的言辞，多少带些夸张成分，却也表明了帝王后宫里妃嫔宫女之盛。这些女人，住在人间最奢华的宫殿里，也忍受着世间最深的寂寞。

她们之中，位高者如陈阿娇，失宠后被汉武帝幽禁长门宫，纵使千金买赋也不能讨回帝王的恩宠；取阿娇而代之的卫子夫，后来也因年老色衰被汉武帝嫌弃，只能看着得宠的李夫人和勾弋夫人，满心落寞。位高者尚且如此结局，普通宫女的命运就更可悲了。唐代元稹有一首《行宫》，写的就是普通宫女的无奈：

寥落古行宫，宫花寂寞红。
白头宫女在，闲坐说玄宗。

古行宫指的是上阳宫，“白头宫女”在唐玄宗天宝年间被潜配到此，如入冷宫，幽闭四十载，霜雪染白青丝，少女已成老妪。当年，她们也是月貌花容，然而在这鲜有人至的古行宫里，无人欣赏的美凋零得更快。往事本不堪回首，然而四十年的冷宫生涯让她们不可能有新的话题谈论，每逢闲坐，仍是追忆玄宗时期的往事。

“宫花寂寞红”一句，几乎可见所有后宫女子的人生。内院深宫，多少国色、几多风情，都在等待君王的过程中心灰意冷，及至垂垂老矣时，可能都未曾换来君王的短暂凝视，难怪宫怨会是诗词创作的不朽题材。

庆奴不幸，她的青春消磨于深宫内，但与一生遥望君王的宫娥相比，庆奴又有幸，年轻时有机会陪伴君王，当年老色衰时，还得到了君王的体恤和怜惜。

女人虽然不完全靠美貌吸引男人，但爱美之心，乃是人之天性，何况历史上因人老珠黄而失宠的女人实在太多。吴三桂冲冠一怒为红颜的故事流传甚广，彼时他对陈圆圆何等痴情。当人们沉浸于这段情事的浪漫和传奇时，却不知后事：陈圆圆渐渐色衰时，吴三桂已另有新宠数人，加之她和吴三桂正妻不和，屡受刁难，最后，昔日的绝代美人辞家礼佛，余生与青灯黄卷相伴。

幸而，李煜除了欣赏女子的美貌之外，更因其才情多了几分怜惜。在那个和风日暖的春日，在一场宴会上，李煜不经意间瞥见了已不再年轻的庆奴。这个南唐最尊贵的男人，只一眼间，就窥见了那个地位卑微的女人的心事。

明代顾起元认为“见春羞”三字用得极好，在《客座赘语》中评其“新而警”。席上丝竹管弦声犹在，舞者身姿销魂，但庆奴脸上却不见喜色。她沐浴在美好春色里，越发感觉到自己的衰老。年年岁岁花相似，岁岁年年春依旧，她却已经不再是那个颦笑生姿、笑靥如花的少女。畏老带来的自卑让庆奴越见春天之美就越羞惭，此番难得重见君王面，令她不由自主地想起昔日荣宠，一番感念后，越清醒地意识到都已成过眼云烟。

李煜见到庆奴的一刻，就窥见了她的羞春心思。他看着庆奴在宴游之地徘徊踟蹰，站在垂柳下发呆，情知她在悼念失去的韶华，想作安慰语，却不知如何开口。柳树仿佛通晓了李煜的想法，垂下的柳条随风摇摆，好像抚上了庆奴的秀发。后来李煜取过一把黄罗扇，写下了一阕《柳枝》，想以此告诉庆奴：不仅垂柳依依记旧人，我也从未忘记过你。

黄罗扇面上散发出墨香，那是李煜亲笔题下的字迹。

李煜的书法，先学柳公权，后学欧阳询、颜真卿、褚遂良、王羲之、钟繇、卫夫人等，渐渐自成金错刀体，“大字如截竹木，小字如聚铁钉”。这一首《柳枝》，想必被挥洒得当如聚铁钉。后人道李煜的书法如“倔强丈夫”，倒是比他的词乃至他的人更多几分阳刚气。此番，倔强丈夫笔书柔情，不知接过黄罗扇的庆奴，该是怎样一副诚惶诚恐、感激涕零的模样。

像庆奴一样身处深宫的女人，就像一株葵花，君王便是太阳。葵花向阳而生，太阳却要普照大地，把光芒洒下四面八方，不可能只为一株葵花而存在。宫中女人当有不专宠的心思，莫要生出独享君王爱情的奢望，否则，在这寂寞的宫廷生活，她们将坠入更深的痛苦和绝望里。这种痛苦，白居易有两首后宫诗说得分明：

泪湿罗巾梦不成，夜深前殿按歌声。
红眼未老恩先断，斜倚熏笼坐到明。

雨露由来一点恩，争能遍布及千门？
三千宫女燕脂面，几个春来无泪痕！

庆奴是个聪明且识分寸的女人。在内心深处，她肯定对李煜有更多期待，但没有因为这一柄意外的题诗团扇就生出妄想。她知道“雨露由来一点恩”的后宫法则，知道帝王恩泽无法遍及千门——除大周后以外，李煜身边还有妃子江氏、保仪黄氏、嫔御流珠等人。帝王的专情，常常出现在话本里、戏台上，真实的史册里，只有明孝宗朱祐樘一生只娶一妻。

遑论庆奴只是个小小宫娥，李煜题诗赐扇的片刻温柔，已经足以令她回味终生。

据民间传南唐城破后，庆奴藏身民间，几经波折，后来嫁给一位宋朝将军做侍妾。当时赵匡胤严令朝中诸人不得私自接触李煜。庆奴感激旧日君主的垂怜，还托人带去了问候的书信。见信后，李煜泪雨滂沱，不能自已。

在李煜后宫的诸多宫娥里，并非只庆奴一人意外地得帝王恩遇。另有以布缠足的舞女窅娘，只为裹出金莲小脚，用步步金莲的奇妙舞姿博李煜欢心。李煜捧美人脚落泪，正是这两行一时感动而落下的清泪，换了窅娘一生忠贞，让她在金陵城破后，义无反顾地随李煜北上汴京。

史有载：“窅娘白衣纱帽随行，后主宛转劝留，不听。”“宛转劝留”是李煜对身边人的疼惜，“不听”而随行是窅娘对李煜表达爱意的唯一方式。此路漫漫，前途未卜，幸有佳人，聊解寂寞。

还有宫人乔氏，曾得李煜赐予的一卷《心经》。亡国后，乔氏入了宋朝皇宫，仍然保存着这部《心经》。听闻李煜被宋太宗赐死的消息后，乔氏取出《心经》，写下几行字：“故李氏国主宫人乔氏，伏遇国主百日，谨舍昔时赐妾所书《般若心经》一卷在相国寺西塔院。伏愿弥勒尊前，持一花而见佛。”关于乔氏最后的结局，由南唐入宋的文人徐锴在《南唐制语》里道：“有宫人乔氏出家诰，岂斯人耶？”

国破后，李煜已为阶下囚。感念着昔日恩情，南唐旧宫人冒险送信，生死相随，甚至因伤心而遁入空门，实在令人唏嘘。

国家虽亡，南唐遗民的日子却要继续下去，他们入宋后多安分守己，努力生活，时而也会惦记起旧时君主。据《南唐拾遗记》所载，李煜死后，“凶问至江南，父老多有巷哭者”。

无论宫中女眷还是乡野黎民，李煜未曾给他们安稳的生活和理想的家园，但这些人非但不恨他，反而念念不忘。其中缘由，大抵便在这首《柳枝词》里——李煜从没有欲取姑予的心思，他的温柔体贴、仁爱宽厚，都是真性情的流露，连决定采取轻徭薄赋的政策时，都是对百姓发自内心的怜悯，而不是像多数政治家那样以稳固江山社稷为最终目的——毕竟，人性的力量总是动人的。

于是，在年年花落无人见，空逐春泉出御沟的深宫里，因君王有情，柳枝也成了有情之物，温暖了一颗芳心，给寂寞的后宫涂上了一抹暖色。

卷三

去国悲黍离，无限江山终空落

此间少年，欲说还休

采桑子·庭前春逐红英尽

庭前春逐红英尽，舞态徘徊。细雨霏微，不放双眉时暂开。

绿窗冷静芳音断，香印成灰。可奈情怀，欲睡朦胧入梦来。

近代学者俞陛云曾有论断，称这首《采桑子》是李煜失国后所作，其推断依据是“不放双眉时暂开”一句。在他看来，李煜之所以愁眉不展，是因为“受归朝后禁令之严，微有怨词”，而在夜夜笙歌的南唐，李煜当不会终日眉头紧锁。

但论世间，谁不会有一些烦心事呢？何况天生敏感如李煜这样词客，又生于宫廷环境里。当他还是皇子时，兄长从冀的猜忌便让他深感苦恼，只好高调地寄情山水；幼子爱妻相继离世，他的悲痛无以言表，只用一首又一首诗、一阕又一阕词寄托哀思；他和小周后虽然经历过月夜偷会的甜蜜事，仍有“人间没个安排处”的无奈感慨；至于南唐受到北宋威胁时，家国之忧，何尝不是他眉头紧锁的缘由。

在亡国前，贪欢享乐虽是他生命乐章的主旋律，但也避免不了那些不和谐的音符，偶尔的失望、沮丧、痛苦，缭绕于心。那时候，他把赋词看得重于江山，自然需要新的素材充实作品，而他的生活体验，不外乎宫廷奢华生活、与后宫嫔妃的花前月下、男女相思之苦，再无其他。

亡国后，他经历了残酷的战争、身份的巨变，体验过人间的大欢乐后，又品尝到人世的大悲伤，生命体验陡然变得丰富而充沛。

这前后可能发生的变化，南宋辛弃疾的《丑奴儿》，或可作为参照：

少年不识愁滋味，爱上层楼。爱上层楼，为赋新词强说愁。

而今识尽愁滋味，欲说还休。欲说还休，却道天凉好个秋。

年少时不懂世事艰难，却为了赢得文采风流的名声强自说愁；涉世已深后，饱经沧桑，洞悉人间愁苦，反而或因受到压抑，或因悟得宽和洒脱，每每欲说还休。

不过，李煜的反应显然与《丑奴儿》中的辛弃疾完全不同。他的后期作品里，不见辛弃疾自我调侃式的悲凉，感情更加沉郁，如长江东流水浩荡而出，悲痛决绝，就如杜鹃啼血。

写于亡国后的《相见欢》中，因“林花谢了春红”的景象，他生发出“自是人生长恨水长东”这一具有哲学意味的感慨，词中风和雨都如摧花辣手，有强烈的逼迫感。但这首《采桑子》里，情感却柔和很多，以一女子口吻，道出因见到遍地残红而触发的对远方良人的思念，属于个人的小情怀，其中也状风雨，却是“细雨霏微”，衬托出落花最后的风流。

那一夜，细雨淅淅沥沥，不见停下的迹象。庭中的花快要凋谢殆尽，又有一阵风吹来，花朵打着旋儿飞舞，为了停留在人间，做着最后的挣扎。这种奋力飞舞的姿态中，隐见力量之美，又有婀娜之态。但最终，花朵还是敌不过凋谢的宿命，落在满地泥水中，不多时便被和泥带沙的污水浸没，没有了盛开时傲立枝头的风骨。

风雨催春，花期短暂，任谁看到这幅凄凉的场景，都很难无动于衷。况且，屋中女子满腹心事，却不足为外人道，纵使想强颜欢笑，在这凄风冷雨中，嘴角却扯不出一点微笑。她在窗前凝望，更见窗外凄凉，可关上窗户，屋内又静得可怕，又不如和风声雨声相伴。这样独坐窗前的日子，已不知过了几个轮回。她日思夜盼，等候着远游者的消息。

古时人们把香料捣成粉末，调匀后洒在铜制印盘内，点燃后，以香料损耗的程度计时。香印寸寸成灰，时间慢慢流逝，一片芳心也寸寸冰凉。

今夜又是如此，注定等不到他的消息。无可奈何之下，她只好反复催眠自己，以期在梦中与他相聚。虽明知梦醒后一切成空，但哪怕片刻欢愉也拥有让人无法抗拒的诱惑。朦朦胧胧中，他似乎真得入梦来了。至此收尾，她在梦中与心上人圆满相遇，却令人更觉生活的不圆满。

相爱不相守，伊人天涯良人海角，连梦中聚首都是奢侈的期待。

李煜作于亡国前的同类题材作品不止这一首，另有著名的《长相思》。

云一涡，玉一梭，澹澹衫儿薄薄罗，轻颦双黛螺。

秋风多，雨相和，帘外芭蕉三两窠，夜长人奈何！

他像极具天分的油画家，用一幅色彩饱满、光感鲜丽的画面，勾勒出一个光彩照人的形象——她秀发如云，发簪如玉，面容姣好，衣绸着锦，飘逸如天上仙子。这个体态轻盈、风姿缥缈的女子，究竟是谁，并无典籍可查。不过，据野史记载，大周后对服饰妆容颇有研究，亲自设计了“高髻纤裳”和“首翘鬓朵”的装扮，一时成为南唐后宫的“时世妆”。李煜词里的美人妆容，正与大周后所创的妆容方式一般无二，可见她当是宫中之人。

美丽的女子双眉微皱，不知有什么心事。正是秋风秋雨愁煞人的时节，美人在风雨交加的秋日黯然神伤。已知窗外凄凉景象必添愁绪，她还是忍不住卷起珠帘，不时向外张望。触目所及，尽是深沉夜色，庭院里漆黑一片，只传来风抚残花的沙沙声，还有雨打芭蕉的叮咚声响。词人不肯明言她为何而愁，只叹“夜长人奈何”，幽怨之情呼之欲出。

从表现手法到词中情愫，《采桑子》与《长相思》都极为相似，其艺术水准已堪称彼时翘楚。但是，若与亡国后那一泻千里或缠绕不开的愁绪相比，情感还是略显薄弱。

这种差异，归根结底还是由阅历决定的。生命是个渐变的过程，林语堂先生曾把人生比作一首诗，每个人拥有独属自己的韵律和拍子。从天真的童年到笨拙的青春，再到拥有“青年的热情和愚憨理想和野心”，然后慢慢像成熟的水果或醇香的美酒，温和宽恕但又玩世，至于暮年，逐渐获得平和、闲逸与满足。最后，生命的火花安然熄灭。

多数人的生命皆是如此，如一叠渐变色纸，深浅痕迹中便见一生脉络。然而生在深宫高墙内的李煜，常见权力倾轧却少知世事艰辛，复杂的权势斗争与乏味的宫廷生活，都没有对他造成实质性的影响。一颗纯真的赤子之心，像一道屏蔽了世俗的结界，阻隔了一些伤害，也阻断了他的成长，以至于当他后来遭受丧子丧妻乃至失国的厄运时，都不见一个男人、一个君主当有的骨气和魄力，桩桩都如灭顶之灾。

年过而立，他没有成为似老酒醇香的成熟男人，年近不惑后，金陵陷落的剧变，才掀起了他生命乐章的高潮。也是在那前后，他才算告别了童年的天真。

落花狼藉，风雨飘摇

阮郎归·东风吹水日衔山

东风吹水日衔山，春来长是闲。落花狼藉酒阑珊，笙歌醉梦间。

佩声悄，晚妆残，凭谁整翠鬟。留连光景惜朱颜，黄昏独倚阑。

这首《阮郎归》，也曾被收录入冯延巳的《阳春集》。冯延巳是南唐宰相，文人气息浓郁，常抱着“娱宾遣兴”的目的作词，屡出新意，但从根本上讲，并未脱离“花间词”的范畴。因为对冯延巳这种刻板印象，初读此词，只因其中“佩声悄，晚妆残，凭谁整翠鬟”之语，便将其归入了思妇念远的题材。

不过，亦有人说这是李煜所作，他借思妇怀人，表达了对入宋不归的弟弟从善的思念，还有对南唐江河日下的担忧。“佩声悄，晚妆残，凭谁整翠鬟”，实是君王李煜的无奈呐喊，呼唤有人能来挽救风雨飘摇的南唐。但是，很长一段时间内，我并不认可这种说法。

李煜给人的印象，虽怯弱却有赤子情怀，爱就是爱，恨就是恨，少作扭捏之态。在被幽禁的岁月中，他尚且让歌姬高唱“故国不堪回首月明中”，毫不掩饰家国之思。在他仍然掌舵南唐时，又怎会以这样隐晦的方式表达所想所念、所忧所虑？直到我有机会接触到南唐词抄本，词下都注有“呈郑王十二弟”，且篇末加盖“东宫府印”，这才渐信《阮郎归》确系李煜手笔。

“郑王十二弟”，正是李从善。他是中宗李璟的第七子，在家族兄弟中排行十二，李煜口中的“七弟”“十二弟”，都是从善。

从善入宋之事，根源在于南唐国势的日益衰微。

早在后周时，李煜的父亲李璟已取消帝号，自称江南国主。李煜登基后也无励精图治的想法，反而比他的父亲表现得更加谦卑，上表北宋朝廷，表示永远臣服，希望以此打动赵匡胤，容他在江南逍遥度日。

燕雀不知鸿鹄之志。文人李煜从一开始就不懂政治家的心思。赵匡胤志在结束五代十国的分裂局面，睡榻旁边自然容不得他人酣睡。很快，北宋灭了楚国、荆南、后蜀，兵戈直指后汉。李煜不仅没有唇亡齿寒的觉悟，反而在赵匡胤授意下，写了一封言辞华丽的劝降信给后汉国主刘伥。刘伥的骨头不像李煜那般绵软，见信勃然大怒，回书更是措辞强硬，誓与李煜绝交。李煜把两封信一并呈给赵匡胤，正中这野心家的下怀。

北宋以此为借口，出兵后汉，很快告捷。到了公元971年，江南六国中只剩下臣服赵宋的南唐和吴越。同一年，汴京城里建起了一座礼贤馆，规模堪与皇宫相提并论。赵匡胤说，这是为李煜修建的。

李煜当然不会领情。本以为处处恭顺就能偏安一隅，接到赵匡胤邀他入朝的消息时，李煜傻眼了。名为相邀，实则更像胁迫。吴越王比李煜更懂明哲保身的道理，眼见后汉覆灭的厄运，他长叹一声，然后献土入宋，住进礼贤馆。

北宋朝廷一再催促李煜，他既没骨气硬扛，也没勇气北上，思来想去，决定派从善入宋。或许，李煜并未想到从善此去会成为宋朝的人质，他只是派从善去纳贡。没料到赵匡胤封从善为泰宁军节度使，强行把他留在了汴京。

如果南唐有吕不韦一样的谋士，能帮助在赵国做人质的子楚归秦，那么，他可以靠计谋救回从善；如果李煜麾下有赵子龙一样的猛将，能从曹营百万雄兵中七进七出救阿斗，那么，他可以靠武力救回从善。后人多怨南唐无猛将谋士，然而再想到李煜错杀大将林仁肇之事，便惊觉并非南唐无人，实在得怨李煜不是像秦庄襄王、刘备一样的明君，所以韩熙载不朝，林仁肇枉死。

送行宴上一别，成了李煜兄弟在江南最后的相会。此后，在南国熏风中长大的从善，远离家人，在北方苦寒之地过着寄人篱下、朝不保夕的生活。

李煜敢怒不敢言。当时，南唐国人多已有了亡国的恐慌，人人心中都承受着山雨欲来的压迫感，表面上仍是一派歌舞升平，该写词的写词，该谱曲的谱曲，教坊里还在排练新的舞蹈，寺庙内照旧香火鼎盛。南唐君臣自欺亦欺人，以此支撑彼此恐惧的灵魂，也为偏安的国策找一个借口。

或许，李煜仍旧对宋王朝怀有一丝幻想，这才收敛心性，以怨妇之名抒发苦闷，才有了这一首委婉含蓄的《阮郎归》。

“东风吹水”起篇，不如“吹皱一池春水”那样闲适；“日衔山”相缀，却不见“白日依山尽”的壮美。“闲”字嵌在词中，确是惊心的自嘲——他既无心寻春，也无心赏花，要操心的国事很多，却偏偏无从下手。太平盛世君王言“闲”，或能博一个风流俊赏的雅号；风雨欲来时不知未雨绸缪，大概便已背上昏君恶名了。李煜有心无力，没人教过他怎么做好一国之君。

映入眼帘的，不是桃李吐蕊、莺歌燕舞的美景，反而是落花一片、满地残红。就连春天都被词人的愁绪缠绕住了。他手中有杯，但杯中无酒，连酒壶都空了，一切皆预示着，曲终人散的时刻已经来临。可是在醉梦里，仍有朝朝宴游，夜夜笙歌。

显然他此时并不愿直言对时事的担忧，于是便托了闺妇的身份。男子远游未归，听不见他腰间玉佩叮当作响的清越之音。自古女为悦己者容，见不到心爱的人，她对镜看着晚妆已残，也无心整理。纵有千种风情，无人欣赏，也是枉然。转眼黄昏又至，女子照旧凭栏远眺，等待归人。

这不归的男子，或许就是郑王从善。即使倚阑人望断归途，也盼不回他了。不是从善不想回，而是不能回。对这样的结果，仁厚的李煜难免愧疚。从善被扣为人质后，他曾上表赵匡胤。放下了尊严去请求，却无济于事，于李煜而言，这是更深的羞辱。

仍存着偏安侥幸的李煜，没有收拾山河的壮志雄心。南唐国将不国，他便靠“笙歌醉梦间”麻痹自己，逃避现实。这首词或许是他在向从善诉说无奈，请求谅解。另据史书记载，从善入宋不归，其王妃常到宫中哭泣哀求，以至于李煜每每听说郑王妃入宫，便会避开。李煜或许只是一个代笔者，字里行间俱是郑王妃对从善的思与怨，也未可知。

封建社会等级森严，君王文书一般称为“诏”或“旨”，大臣给君王的奏章等要用“启”“奏”，丝毫马虎不得，但李煜却用了一个“呈”字。即使不以君臣相论，作为兄长，李煜也不该使用敬语。但从善以性命相待，感激之情未平，愧疚之念又起，李煜心里那复杂的情感，实在难以言表。这和娥皇病逝后，李煜以“鳏夫”自称的情感，十分相仿。

多情善感，是李煜性格中仁厚的一面，与其相伴而生则是怯懦，对从善、对南唐，这无疑又是最大的残忍。

从善有可能读到了这首《阮郎归》。他虽然不能回南唐，也没有被囚禁，仍和李煜有书信往来。正因为这种联系，从善也做了一件让自己后悔终生的事。

南唐大将林仁肇骁勇善战，曾令后周头疼不已。在北宋决定出兵南唐时，赵匡胤派人画了一幅林仁肇的肖像，并故意拿给从善看，谎称林仁肇要投降朝廷。从善派人把这个消息秘告李煜。李煜不辨真假，立刻赐给林仁肇一杯毒酒。

一代名将没有死于战场，却死在了他誓死效忠的人手里。

当南唐国亡的消息传到从善耳中时，不知他是否会想起林仁肇；又过几年，当接过赵光义赐下的牵机药时，不知李煜是否想到了自己赏赐的那杯毒酒。从李煜毒杀林仁肇的那一刻，从善就已经回不去了。能帮李氏家族收拾河山的人，已成了枉死的冤魂，不会复生。

从此黄昏独倚阑时，李煜兄弟只能怅望江南——赵家的江南。

天家有亲，兄弟有情

谢新恩·冉冉秋光留不住

冉冉秋光留不住，满阶红叶暮。又是过重阳，台榭登临处，茱萸香坠。

紫菊气，飘庭户，晚烟笼细雨。嗈嗈新雁咽寒声，愁恨年年长相似。

从善是李煜一母同胞的弟弟，为人很有些度量，尤其喜欢武功，与终日流连诗词歌舞的李煜不同，他很想有一番作为。昔日太子弘冀为人好猜忌，从善只好按捺着觊觎皇位的野心。

弘冀病故后，在世的众皇子中李煜年龄最长。按照储君“立长”的传统，当时还叫从嘉的李煜成为东宫新主的人选，颇受李璟青睐。从善不甘，其拥护者纷纷开始活动，大臣钟谟甚至直接上书，批评李煜“器轻志放，无人君度”，向李璟推荐从善。但李璟决心已定，于是将钟谟贬官，立李煜为太子。从善仍未死心，直到李璟去世后李煜即位前，他还偷偷打听遗诏的内容。

从善之心，可谓昭然。

为夺皇位，秦有二世矫诏杀害兄长，唐有玄武门兄弟相残，宋有烛光斧影之说，及至清代康熙朝，更有九王夺嫡的伦常悲剧。皇位未定时你争我夺，登上皇位后要巩固皇权，同为“天家血脉”的兄弟首当其冲，就成了必须要防范的人。权势诱惑下，手足情常常不堪一击，甚至连父子伦常都脆弱得令人心惊。楚穆王、隋炀帝弑父夺位的丑行遗臭万年，而叛乱不成反被诛杀的皇子也不在少数。最是无情帝王家，夫妻缘、父子情、兄弟义，世上最亲密的亲情，在这里变得淡漠。

但李煜却显得有些例外。天生仁厚的他，并未想过和兄弟们争夺皇位，昔日在太子弘冀步步紧逼下，他选择寄情书画与山水，不愿和兄长发生冲突。后来从善诸多行为已逾越了臣子本分，即便有人揭发，李煜却没有放在心上，还封从善为韩王，后改为郑王，一直恩遇有加。

在几个弟弟面前，李煜并不喜欢扮起君王的角色，他更像一位慈爱的兄长。从善入宋不归，让他万分惦念。

南唐在北宋的虎视眈眈中挣扎喘息，李煜也少了玩乐的兴致，连教坊内的歌舞也停了数日。见李煜终日闷闷不乐，大臣们联名上奏，请求罢朝一日，登高赏菊，吟咏助兴。春日寻春秋日赏菊，本是李煜热衷的活动，但这一天，偏偏是重阳佳节。

关于重阳节的记载，最早见于曹丕的《九日与钟繇书》："岁往月来，忽复九月九日。九为阳数，而日月并应，俗嘉其名，以为宜于长久，故以享宴高会。"九月九日最初是大宴宾朋、亲戚相会的日子，人们多在这一天赏菊饮酒，魏晋后逐渐成为习俗。到了唐代，重阳日才成为正式的节日，举家团圆，登高、赏菊、插茱萸等民俗盛行。

但凡此类节日，游子心中都会多三分酸楚。把这种感情表达得最酣畅淋漓的，当属唐代王维，一首《九月九日忆山东兄弟》把"独在异乡为异客，每逢佳节倍思亲"的游子心境表达得入木三分。

漂泊在外的游子思念家乡亲人，家中人对行客何尝不是牵肠挂肚。每逢佳节倍思亲，对独自客居汴京的从善，李煜十分牵挂；想必独在异乡的从善，也会想起金陵城里的亲人。

同样的思念，不一样的心情。思念来袭时，李煜和从善都觉痛苦，但李煜身边有小周后软语温存，有其他兄弟相伴左右，还有朝臣争相劝慰，从善却是孤零零身处虎狼之地，连心事也无人倾诉。百感交集下，李煜曾写下一篇《却登高赋》：

怆家艰之如毁，萦离绪之郁陶，陟彼冈矣企予足，望复关兮睇予目，原有鸰兮相从飞，嗟予季兮不来归。空巷苍兮风凄凄，心踯躅兮泪涟洏。无一欢之可作，有万绪以缠悲，於戏噫嘻尔之告我，曾非所宜。

赋中情状，令人动容：国家时局艰难，任凭我望断天涯路，昔日相伴左右的七弟也不能归来。南唐终日冷风凄凄，我终日以泪洗面。心绪被万千愁丝缠绕，对所有事都失了兴致，无法高兴起来。大臣们劝我登高寻乐，恐怕这并非忘忧之策吧！

往年都登高，今年怯登高。李煜在这个被哀愁笼罩的秋日登上高山，眼前是无边秋色，心里是万千惆怅。这个重阳日，委实难挨。

自古逢秋悲寂寥，李煜眼中的秋光虽不是寂寥一片，但在红叶落满台阶时，一种无计挽留时光的无力感，还是撞击着他柔软的心。如果可以，他希望时光能停留在少年时光，与兄弟饮酒作词、对弈赏花，或者停留在往年重阳日，与从善登高时。然而台榭登临处，没有从善，只有他。茱萸香囊散发出阵阵幽香，芬芳和寂寞，缭绕着这留不住的冉冉秋光。按照民间传说，茱萸可以辟邪，助人消灾减难。李煜心中惦念着，不知远离了故国，是否有人为从善备下茱萸。

初时怕登高，登上峰峦后又沉浸在了对旧日时光的怀念里。眼看天色已暮，应该回还，天空开始飘落细雨。江南的九月，雨水裹来凉寒，但李煜却不想归去。他的目光停留在不远处的几丛金菊上，想象着菊香随风飘入金陵千家万户，却飘不到从善在汴京的居所。直到雁声惊起，他的思绪才被拉回。雁本是传情之物，词人的目光追随雁去，只盼着它能把思念带给从善。

红叶、台榭、茱萸、菊花、烟雨、大雁，俱是重阳登高图中的凄凉笔墨。李煜就那样站在细雨中，不遮不躲，直到大雁消失在天边。

李煜并非只对从善格外情深，他重视亲情与宗族观念。当年他的父亲李璟初登皇位，加封弟弟李景遂为天下兵马大元帅，另一个弟弟李景达为副元帅。李煜即位后效仿父亲，对叔叔和弟弟们大加封赏，既出于巩固统治的考虑，也是想与至亲的人共享荣耀。

在和兄弟的相处中，李煜也表现出了有别于其他帝王的随和。他派遣兄弟出金陵为官时，不仅设宴相送，还作词寄文，抒发离情并千叮万嘱，送邓王李从镒到宣州赴任即是一例。在送行宴上，大臣们在君王的授意下纷纷作诗相赠，李煜还亲自写了一首《送邓王二十弟从镒牧宣城》：

且维轻舸更迟迟，别酒重倾惜解携。

浩浪侵愁光荡漾，乱山凝恨色高低。

君驰桧楫情何极，我凭阑干日向西。

咫尺烟江几多地，不须怀抱重凄凄。

诗中是李煜对别后场景的设想。他将日日斜倚栏杆，望向弟弟从镒所在的地方。临别在即，他对从镒道：金陵与宣城两地相隔并不遥远，不必为分离如此伤心。与其说是在安慰从镒，不如说这是李煜在安慰自己。

或许是觉得一首诗的短小篇幅不足以道出全部离情，李煜后来又写了一篇《送邓王二十弟从镒牧宣城序》，细致地叮嘱从镒如何为官、如何做人，就像每一位仁爱的兄长都会做的那样。

终李煜一朝，天家有亲，兄弟有情。但终其一生，他都没有想明白一个道理：唯有强大才能保护所爱之人，这就像他的父亲李璟一生都不明白，爱自己儿子的方式，应该是让他们成为有力量的男人。

离恨绵绵，春日如年

清平乐·别来春半

别来春半，触目愁肠断。砌下落梅如雪乱，拂了一身还满。

雁来音信无凭，路遥归梦难成。离恨恰如春草，更行更远还生。

为了滞留北宋的弟弟从善，李煜写了一阕又一阕词，似乎用笔墨可以铺路架桥，为孤身陷于敌营的弟弟铺一条归路。这首《清平乐》，也不过是其中一块瓦石、一捧微尘，读来，偏有泰山压顶之重，又似风沙迷了双眼。

劈空而来的“别”字，如晴空一道霹雳、午夜一声惊雷，只要静悄悄地等待，多半会有一场泼天冷雨从头浇下。从善入宋而不得归，这对李煜，对南唐，都是一阵惊雷、一场冷雨。

从善并非空手去的北宋。他从金陵一路北上，身后车马排成长龙，却无半分龙马精神，反而像条垂死的百足之虫，在做最后的挣扎。车辆上被遮雨的帷幕掩盖着的，是兄长李煜为北宋帝王准备的贡品：绫罗绸缎、文房四宝、瓷器新茶，一切都被安置得妥妥当当，唯恐有个闪失，并非李煜对宋朝君主有多敬重，实是为了那岌岌可危的南唐。

皇帝穿黄袍，但李煜一生皆服紫色，已是不动声色地自降了身份。但他还是担心穿赵匡胤不能体谅他的臣服之心，索性让从善带着他的亲笔书信，更为露骨地向宋示好。从善捏着一张薄纸，就像捏着南唐细细的脖颈，似乎稍一用力就会折断。

971年，李煜与从善郑重道别。马蹄声嗒嗒远去，直到这千里莺啼绿的水村山郭，成了他回忆中最后的江南。

次年闰二月，赵匡胤封从善为泰宁军节度使，赏赐他府邸和美女。

这是个危险的讯号——北宋接受了南唐委曲求全、低声下气的纳贡，对李煜自降身份的行为也欣然领受，只是，秣马厉兵的进攻筹备依然在有条不紊地进行着，从善成了一颗被投入深海的石子，自己浮不起来，又无人帮忙打捞。李煜心急如焚，忧心兄弟又担忧国事，分别的短短数月似乎已预兆了隔世。

南宋陆游在《南唐书》里记载："后主闻命，手疏求从善归国。太祖不许，以疏示从善，加恩慰抚，幕府将吏皆授常参官以宠之。而后主愈悲思，每凭高北望，泣下沾襟，左右不敢仰视。由是岁时游燕，多罢不讲。"由是看来，从善在北宋的日子不一定有多么凄苦，只叹苦了李煜为人兄长的一颗仁心。每每想到自己亲手把弟弟送入狼窝虎穴，他懊悔不已，伤心难耐。

帝王的眼泪更是一个危险至极的讯息，南唐臣民惴惴不安，似乎已经嗅到了强国铁蹄卷起的尘土腥味。他们的国家正在风口浪尖，他们的君主已"泣下沾襟"。除了哭泣和等待，小民就更是别无良策。

种种危险的讯号让李煜如置身寒冬，但这一切都不能阻止春天的回归，就像大周后的辞世，并不能阻止瑶光殿旁的梅花盛开一样。

春天和往年一样不约而至，整个江南在春光里绽放温柔。秦淮河畔繁华依旧，六朝古都的巷弄里依然充满脂粉气，文人墨客、王公大臣流连其间，留下一曲又一曲风流诗词。宫廷里的香屑依旧随风钻入人的鼻中，让人心也痒痒的，恨不能永远停驻在这温柔乡。

在李煜向北凝望的时候，光阴悄然逝去，不知不觉春已过半。往年，每每冰雪消融，春天刚刚显露行踪时，宫里就已经开始安排寻春酒宴了。席间虽不及晋人流觞曲水的风流，然而，美人在侧、美酒在手、美景当前，羯鼓声中，君臣赋诗作词，谈古论今，却是另一番风雅景象。那时，李煜的身边常有从善相伴，与他对酒和诗，好不快活。

在以文采传家的李氏家族里，李璟的儿子们，包括性格刚毅的长子弘冀，无不文采风流。从善的诗文造诣，在众兄弟中也算超拔。他赠给徐铉的《蔷薇诗一百十八韵》，便是一首文采昭然的佳作。

绿影覆幽池，芳菲四月时。
管弦朝夕兴，组绣百千枝。
盛引墙看遍，高烦架屡移。
露轻濡彩笔，蜂误拂吟髭。

一百十八韵，写的仍是设宴款待客人的场景。从善虽曾有夺权之心，兴国之志，但他的生活和坐了皇位的兄长李煜，并没有本质的不同。南唐上下风气如此，实是江河日下的祸源。

虽然从善文采逊于李煜，觥筹交错间未必能尽了文兴。但血脉相通的融洽，总是他人不及。可是现在，从善滞留在人地生疏的汴京，不能再陪李煜饮酒赋诗。没人敢擅自安排寻春的宴会，唯恐触及李煜的痛处。在这个景色依旧，人事已非的春日，越是熟悉的场景，越能激荡起心中的涟漪，甚至掀起风浪。

石阶旁的梅花一瓣瓣凋落，美好春色在无人欣赏的惆怅里渐行渐远。那一日，李煜一袭紫袍，伫立梅林，遥望着他从未去过的汴京的方向。凋谢的花瓣一片片飞舞于空中，素雅洁白，纤尘不染，像冬日漫天飞舞的雪花。

他伫立良久，以至于落梅把紫袍染成了白色。李煜用手拂落梅花，仍然痴望远方，无奈目光连这片梅林也穿不过，就像他无数次凭栏远眺时，都望不见金陵城墙以外的风景。从善又在何方呢?

他沮丧，绝望，如雪的落梅让他意乱神迷，沾满衣襟的梅花一瓣覆着一瓣，“拂了一身还满”，如心中愁绪，当真是挥不去、驱不散、逃不得。兄弟情、家国恨，都寄托在那一片纷飞的落梅里。

在李煜于砌下落梅中怅望远方时，他想到了一位古人：西汉苏武。

苏武是汉武帝时的大臣。天汉元年（前100），匈奴的新单于继位。当时汉朝和匈奴关系十分微妙，为了表示友好，汉武帝命苏武率众出使。就在苏武完成使命将要归国时，匈奴发生内乱，苏武受到牵连，被扣留在异乡。匈奴单于将他囚禁在冰天雪地，不给任何食物与水，但这都没有迫使苏武屈服，他渴饮雪水，饥食羊皮。匈奴单于被其骨气感动，不忍杀他，又不想放他归国，于是将他流放到北海牧羊。在那个人迹罕至的地方，苏武的伙伴只有羊群，还有随身携带的代表汉朝的使节。

据《汉书》记载，汉朝曾派使者迎接苏武回国，但匈奴单于谎称苏武已死。知道真相的汉使决定以谎言回应谎言。他假说汉天子在上林苑打猎时射到了一只大雁，雁腿上系着苏武乞归的书信，并明确告知苏武被囚禁之处。单于语塞，只好放苏武归国。雁足传书的故事由此流传下来。

金陵城里，李煜每每听到大雁的鸣叫，都希望大雁能带回从善的消息。可是，他日日盼望，又日日失望。从善便是南唐的苏武，带着国君的期望和嘱托出使，又被对方扣留而难回故土，李煜不由得担心：从善会不会像苏武一样吃尽苦头？会不会像苏武一样壮年出使，归来时已须发皆白？面对敌人可能施予的种种酷刑，从善是否有扛下来的骨气？

苏武能重回汉土，归根结底是因为汉朝的强盛，而南唐不过是北宋觊觎的一个属国，从善不归，实因北宋无所忌惮。但李煜偏道：“路遥归梦难成。”不怨国贫兵弱，反怪路途遥遥，不过是徒劳的自我安慰罢了。

从善难归，李煜对此心知肚明，所以思念中更夹杂了许多酸楚。离别的愁绪像落梅，纷纷扬扬，拂弄不尽，又像春草，从江北蔓延到江南。无论他身在何处，这份家国之殇，都难以消减。

家国阴阴，昼雨新愁

采桑子·辘轳金井梧桐晚

辘轳金井梧桐晚，几树惊秋。昼雨新愁。百尺虾须在玉钩。

琼窗春断双蛾皱，回首边头。欲寄鳞游，九曲寒波不溯流。

很多时候，过于敏感并非好事。但古来文人墨客、才子佳人，大多有一颗敏感的心。春日万物复苏，山花烂漫，泉水叮咚，莺歌燕舞，到处一派欣欣向荣，他们偏偏感慨春光易逝，美人易老；一叶知秋，处处天高气爽瓜果飘香，有人能窥探到瓜熟蒂落的喜悦，可他们却感叹英雄暮年，一事无成。伤春悲秋，成了古人最不能释怀的情结之一。

然而，世事总有意外。唐代刘禹锡便是个异类，他被贬后写下了“自古逢秋悲寂寥，我言秋日胜春朝。晴空一鹤排云上，便引诗情到碧霄”的诗句，何等豁达，又何等豪迈！

李煜也曾如刘禹锡一样，春日禁苑寻春，秋天登高望远，偶尔为赋新词强说愁，却都是少年心性，不掩春风得意马蹄疾的轻松欢愉。偶见梧桐，也被其挺直的枝干和如伞的绿荫诱惑，醉于“一株青玉立，千叶绿云委”的好景中。

梧桐还是那棵梧桐，辘轳金井也是旧时颜色，但这个秋天却格外惊心，实是因为国事家事纠缠在一起，已到了“不堪细思量”的地步。

无人知晓，自从善入宋后，李煜究竟给宋室送去了多少好处，许下了多少祈愿，写下了多少思念的篇章。以“辘轳金井”与“梧桐”体现悲秋之意的，李煜不是第一个。李白曾有“去国客行远，还山秋梦长。梧桐落金井，一叶飞银床”的诗句，王昌龄也曾云“辘轳金井秋叶黄”，李煜和前人一样，在金井锁梧桐的浓郁秋意里，倍感离别之苦。

难遣的离情是这首《采桑子》的主题，词人巧借卷帘人这一女性形象传情达意。不过，由于倒叙手法的运用，人物的出场被推延到了上阕结尾句。

“百尺虾须在玉钩”一句里，“虾须”指代珠帘，“玉钩”则是玉制的帘钩。昔日里，南唐的城墙恰如百尺长帘，长帘把室内和室外隔成两个空间，宫墙则把现实和虚幻分割成两个世界——墙外狼烟四起，墙内歌舞升平。

即使长帘不卷，连绵秋雨滴落在梧桐、窗棂上的声响，依然隔着珠帘撞击帘内人的心扉。于是，主人公卷起珠帘，这才见轱辘、金井、梧桐交织成的萧索秋日。将树拟人，也是移情，写树之“惊秋”，其实是人之惊心。

宋人赵希鹄说，眼不见为净。清代郑板桥也说，难得糊涂。

但卷帘人似乎不愿继续自欺欺人，所以卷起长帘，任破落与萧索的秋景映入视线，任风雨飘摇的警钟在心中不停震荡。秋雨不绝如缕，劈啪作响，仿若雷雷战鼓。

她转步窗边，透过秋雨不见远人归来，想到自己的青春将在这独自守候中消磨殆尽，眉头锁得更紧。想给所思之人寄去书信，但是兴致刚起，又想到路远难达，于是作罢。就像九曲流水不能逆流，她只能在苦苦等待与深深绝望中孤苦终老。

本是哀婉之音，却有悲壮之情。词中呼号哀愁入骨，不再是小女儿情怀的呻吟感叹，也不是“为赋新词强说愁”式的做作。明朝李于麟曾评论说上阕“秋愁不绝浑如雨”，下阕“情思欲诉寄与麟”，又说“观其愁情欲寄处，自是一字一泪”。

卷帘人对远人的思念，也是李煜对从善的牵挂。自金陵一别，兄弟天各一方，不能再像往日那样宫中下棋、月下对饮，唯有偶尔传书，聊慰相思。

入宋后，从善至少给李煜写过两封信。

其中一封信里，从善密告李煜：大将林仁肇存有反心，已暗中与北宋勾结，另有图谋。李煜收信后勃然大怒，派人毒杀林仁肇。事后才知，这不过是赵匡胤的反间计，从善在不知不觉间充当了敌人的棋子，李煜不辨是非便贸然起了杀心，也非明君所为。兄弟未能合力断金，反而自毁长城。

另一封信，是从善在赵匡胤的逼迫下写的。从善本是代李煜入宋，去论南唐如何纳贡、乞求，赵匡胤都不肯放他归去，并且从没放弃过让李煜入朝的打算，他们希望兵不血刃地占领南唐。为此，赵匡胤让从善修书劝李煜。从善人在屋檐下，只好恭敬垂首，寄书信给兄长，劝他入朝见宋天子。

一向懦弱的李煜，却难得表现出了倔强的一面。他没有回信，反而上表赵匡胤，再次请求他放从善回国。赵匡胤不屑地一笑，把李煜的奏表拿给从善看，似乎把那满纸请求全当作一场笑话。之后，果断且有智谋的赵匡胤派大臣梁迥出使南唐，进一步对李煜施加压力。

梁迥邀请李煜北上，李煜只好一再岔开话题。当梁迥离开金陵时，李煜因害怕被挟持到汴京，甚至不敢像以往一样为北宋使者送行。他躲在深宫，好像这样就安全了。事实上，彼时金陵的城墙，已挡不住一场飓风，遑论北宋的兵马。

他以江南文人骨子里的一丝倔强，挑战着赵匡胤的耐心。赵匡胤一边备战，一边再次派出使者李穆，将令他入朝的诏书一并带来。李煜称病不肯北上，李穆又是劝诫又是威胁，没想到他的态度越发强硬，怒道："臣事大朝，冀全宗祀，不意如是，今有死而已！"赫然是宁为玉碎，不为瓦全的姿态。

李煜的强硬远在赵匡胤的意料之外，但就李煜的性格分析，又带有某种必然。在李煜之前，吴越王已献土归宋。吴越王是个政治家，善于计算得失——双方力量悬殊，一旦开战，吴越的胜算微乎其微，与其被俘进京，倒不如主动归顺，做一个汴京城里的富贵闲人。但对文人李煜来说，国主的头衔并不能赋予他合格的政治素养。他崇尚自由，有时做事甚至会率性而为。虽然自登基以来，南唐就是北宋的属国，但是在祖宗留下的这片土地上，他就是绝对的主宰。如果入宋，荣华富贵或许侥幸能存，但从此，一举一动都将在北宋朝廷的监视下，生死也会被他人轻易玩弄于股掌。

由俭入奢易，由奢入俭难。以这个道理揣度李煜对自由的贪恋，便不难理解他被逼无奈下表现出的坚持——他的自由，必须以权力为基石。沐浴在温柔南风中的李煜，习惯了南唐子民的朝拜，他不想成为宋君金丝笼中的鸟雀，任由赵匡胤对着他人夸耀："瞧，这是朕的猎物！"

仰人鼻息、忍气吞声的日子，只是想一想，都让人窒息。

李煜的强硬不代表他突然转了心性，而是因为被更深的恐惧所驱使。他的恐惧，源自赵匡胤的步步紧逼。在这个秋天，南唐和北宋的矛盾已经明朗化。不得已，李煜像那个卷帘的美人一样，目光越过高高宫墙，开始认真打量他生活的时代，也打量置身其中的自己。

多年隐忍终究避免不了背水一战。李煜已避让无路，退无可退，可是，战争一触即发的前途又让他束手无策。那种无力感，和卷帘人“欲寄鳞游，九曲寒波不溯流”的无奈和哀婉一般无二。所谓“上阵亲兄弟”，如果从善在身边，李煜还能多一个可商量的心腹，但现在他远在汴京，处于北宋的严密监视下，不要奢望说上几句知心话，他甚至不得不迫于赵氏淫威，写信劝降。

国将不国，兄弟离散。家事、国事，让人不堪重负。在这复杂的境况下，李煜性格中分裂与矛盾的部分再次展现：一方面，他时常对身边的人说，倘若宋军果真南下，他将亲自披盔戴甲，上阵杀敌；另一方面，他派另一个弟弟从镒再次向宋朝纳贡，希望换得短暂的和平。

进退间，李煜全无章法。

但不管南唐是否做好了迎敌的准备，公元974年的秋天，宋军开始进攻金陵。李煜不由得长叹一声：躲了这么久，这一战终究还是来了。

樱桃落尽，子规夜啼

临江仙·樱桃落尽春归去

樱桃落尽春归去，蝶翻金粉双飞。子规啼月小楼西，画帘珠箔，惆怅卷金泥。

门巷寂寥人去后，望残烟草低迷。炉香闲袅凤凰儿，空持罗带，回首恨依依。

公元975年的初夏一日，李煜忽然对吟诗作词、参禅礼佛没了兴致，想到城楼上巡视一番，探看他的万千子民和三千里山河。

自从和北宋开战以来，他一直忧心前线战况。不久前，最得他宠信的大臣张洎上奏，称北宋军队即将消耗殆尽，驱逐敌人指日可待。想到此后再不用忍受臣服北宋的屈辱，绵软的李煜忽然也生了些壮志雄心。

但他没想到，登楼后并未听到南唐子民的欢呼声，也没感受到南唐将士在大捷将至前的高昂士气。战旗猎猎作响，李煜探身一望，只见城楼下视线所及处，所有旗帜上，无非“赵”“宋”二字。

直到这一刻，他才知道自己被骗了。

骗他的人有两个，一个是执掌兵权的皇甫继勋，另一个是负责内政的张洎。

皇甫继勋是南唐名将皇甫晖的儿子。皇甫晖是李璟时代的将领，屡建军功，后兵败，被当时还是后周大将的赵匡胤俘虏。皇甫晖宁死不降，最后因伤重死在异乡。就像李昪当年曾叱咤江南，其后人不过是李璟、李煜之类政治懦夫，皇甫继勋也没能继承其父的铮铮傲骨，眼看宋军来犯，他日日盼着李煜早日投降，言必称宋军如何强大。后来，皇甫继勋和张洎串通，封锁前线消息。为避免李煜询问，他假意推说军务繁忙，躲避不朝。

张洎隐瞒军情的出发点不同于皇普继勋，在南唐大臣中，张洎是强硬的抵抗派。但在李煜身边多年，张洎深知国主懦弱的脾性，若把前线战事不利的消息上奏，他怕会动摇李煜好不容易才坚定下来的抵抗决心。

公元974年10月，宋军渡过长江，兵临金陵城下。次年2月，宋军攻克金陵外围工事，开始围城，国主李煜竟浑然不觉。

等他察觉时，为时已晚。金陵城已经无险可守，江山危在旦夕。城楼上的李煜欲哭无泪，放眼望去，只见樱桃已落，不知何时竟已暮春。

“樱桃”二字并非首次出现在李煜词里。昔日他曾流连在美人“绣床斜倚娇无那”的柔媚中，迷失在其“烂嚼红茸，笑向檀郎唾”的挑逗里，“樱桃”被用来形容女子红润的嘴唇，“一曲清歌，暂引樱桃破”，真是销魂摄魄。

樱花几度开又落，此番词中再现“樱桃”，不仅“樱桃”落尽，连帝王生活也不再有往日的艳丽色泽。李煜也终于暂别声色之联想，而是想起了“樱桃”代表的更深含义。

樱桃又叫含桃。自周代起，帝王就用樱桃供奉宗庙。《礼记·月令》曾有记载：“仲夏之月，天子以含桃先荐寝庙。”自汉惠帝以后，帝王在宗庙内供奉新果成了惯例。隋唐时的孔颖达在《礼记注疏》中解释：古时不见在其他月份以鲜果供庙的记载，樱桃之所以例外，是因为它于一年中最早成熟，地位便显得不一般了。

因果实可为供奉之用，又因花朵烂漫悦目，樱桃树就成了皇家园林中常见的树种，“御苑含桃树”“紫禁朱樱出上阑”等诗句均是例证。渐渐地，樱桃与江山社稷休戚相关、荣辱与共。唐太宗曾作过一首《赋得樱桃》：

华林满芳景，洛阳遍阳春。
朱颜含远日，翠色影长津。
乔柯啭娇鸟，低枝映美人。
昔作园中实，今来席上珍。

唐贞观年间，国力盛极一时。作为盛世帝王，唐太宗眼中的樱桃，先是以华美姿容装扮着洛阳的春天，又把红润饱满的果实呈送给八方宾客。樱桃之盛，反映出的其实正是大唐的天朝气象。

及至南唐，作为弱国庸君，李煜眼中的樱桃，自与唐时不同。

李煜眼中的樱桃，已经落尽。遍地残花败果，都在提醒他：春已归去。百花开遍又残，蝴蝶扇动着金色的翅膀，成双成对地飞舞，无处嬉戏落脚。昼日景象已让人彷徨，到了晚上，皎洁的月光洒满庭院，小楼西侧传来杜鹃悲切的啼鸣，一声比一声嘹亮，一声比一声凄厉。

和樱桃一样，子规这一意象在古典诗文中也具有丰富的文化内涵。子规即是杜鹃，相传古蜀国国王杜宇死后，不忍离开他的国土和子民，于是化为杜鹃鸟，终日哀啼不止。杜鹃叫声凄婉异常，以至于后人用“杜鹃啼血”来形容。

处于困城，坠落的樱桃让李煜想到了宗庙社稷，子规夜啼更让他陷在杜宇失去国家后的哀痛和悔恨中。放眼望去，城外是赵匡胤的军队，城内也到处一派败亡。李煜不想投降，对囚徒生活的畏惧让他忍不住战栗，但战事堪忧，国家已在危亡边缘，他手握如椽大笔，却拦不住宋军的车轮。

不论心中有多少计较，他暂时只能躲避在深宫中，小楼上。宫人卷起画帘珠箔，他却不敢抬头去望，生怕闯入他眼帘的，总是春末夏初那令人窒息又绝望的情景。

上阕中“樱桃”“子规”已隐有亡国征兆，他已嗅到了祖业将毁于己手的危险气息，内心之复杂，岂是“惆怅”二字能够道尽。满腹哀痛，说出来越少，压抑着的就越多，他眉头紧锁，被预感中亡国的巨大痛苦所笼罩，只一个“卷”字，便道出了波涛汹涌的悲伤，撞击肺腑。

自从了解战况以后，每天从日出到日暮，李煜翘首凝望，似乎盼着奇迹的来临。战况并无扭转，只有青青野草纠绊着迷迷荒烟，满目颓唐。直到夜色深沉，他回到沉香缭绕的室内，难以入眠。繁华如同美人，转瞬间便褪去了鲜丽的风采，忆及过往，唯有对昔日不懂珍惜的悔与恨。

回首恨依依——这个懦弱的君王、绵软的江南才子，竟喷薄出如此强烈的爱憎。宋人苏辙读《临江仙》，评其“凄凉怨慕，真亡国之音也”；及至清朝，学者陈廷焯更言：“低回留恋，婉转可怜，伤心语，不忍卒读。”

这首词有两个版本传世。其一出自北宋蔡絛的《西清诗话》，蔡絛认为《临江仙》是李煜在困城中所写，“词未就而城破”，所以词尾缺三句。版本之二来自南宋陈鹄的《耆旧续闻》，称后主曾亲书《临江仙》，真迹被江南中书舍人王克正所得，词稿后还有苏辙的题字。陈鹄自称亲眼见过真迹，词“未尝不全”。

金陵城破的时间为公元975年11月，《临江仙》中乃初夏时节的风物，由此推断，李煜有足够时间完成一首词。蔡絛“词未就而城破”的说法当不可取。

如此，就不能不严肃对待陈鹄所提到的另一件事，那就是和《临江仙》一起流落到王克正手里的，还有李煜在被围困时抄录的李白诗篇，以及他在佛前许愿的文章。

江山危在旦夕，被困在城里的李煜，做了哪些最后的努力?

除《临江仙》一词，有据可考的是李煜至少还创作了乐曲《念家山破》。据《雁门野记》所载，当时他曾命皇城内外日夜演奏此曲。这段承载着李煜心声的词曲皆已失传，《南唐书·后主纪》有记曰：“旧曲有《念家山》，王亲演为《念家山破》，其声焦杀，而其名不祥，乃败徵也。”便是说，这支曲子与落尽的樱桃、哀啼的杜鹃一起，被视为亡国征兆。

公元975年，在樱桃落尽的金陵城里，李煜像一只啼血杜鹃，以诗词和音乐，抒发忧愤之情，但是显然，这些已不足以治愈他内心的伤痛，更无法挽救濒死的国家。在意识到自己被蒙蔽后，有仁厚之名的李煜下令立即诛杀皇甫继勋。结果，皇甫继勋还未被押送到法场，就被愤怒的南唐士兵和百姓打死了。

大部分人是不愿做亡国奴的。

民众这山呼海啸般的热情曾一度鼓舞着李煜，可是，战事失利的消息接踵传来，像密集的弓箭。绝望的李煜转为潜心礼佛，希望佛祖能庇佑南唐。

他在战事未开前曾向侍从许诺，若有一天北宋军队果真进攻南唐，他将亲自披挂跃马，背城一战，以保社稷。等到金陵城被围困时，李煜确实上阵了。不过，他没有指挥军队退敌，而是一面命人奏响《念家山破》的悲曲，一面亲自带领城内军民高声诵读佛经。诵经的声音响彻金陵城，甚至传到了宋军营地，可是，并不见一面绣着“赵”字的旗帜因此倒下。

子规啼叫声、《念家山破》的演奏声、诵经声，是南唐灭亡前的李氏哀叹；猎猎战旗声、嗒嗒马蹄声、震天战鼓声、厮杀声，是赵匡胤对李煜的回应。

公元975年11月27日，金陵城城破；公元976年1月，李煜仓皇辞庙，入宋投降。他北上时正值寒冬，凛冽的寒风如利刃刮过，漫天飞雪，尽如为南唐送葬的纸钱。

离歌别泪，国破归降

破阵子·四十年来家国

四十年来家国，三千里地山河。凤阁龙楼连霄汉，玉树琼枝作烟萝。几曾识干戈？

一旦归为臣虏，沈腰潘鬓消磨。最是仓皇辞庙日，教坊犹奏别离歌。垂泪对宫娥！

金陵被宋军攻破后，李煜率领亲属、随员等四十五人，出城投降。

他此时的着装，自然不是明黄色的龙袍，也不是往日常穿的紫色长衫，甚至不是像丧服一样的白色衣衫。在数万宋军将士好奇的目光中，面容憔悴的李煜赤裸着上身，在城外投降，史称“肉袒出降”。

“肉袒”最早见于《史记·廉颇蔺相如列传》，蔺相如曾劝缪贤“肉袒伏斧质”以求得燕王相助，大将廉颇也是“肉袒负荆”向蔺相如请罪。后来，“肉袒”就成为古代祭祀或谢罪时表示恭敬的方式。

既然没有勇气以身殉国，决定投降的一刻就知道必会留下千古骂名。李煜对成为囚徒的命运有过无限恐惧，但当这一天到来，他却选择了最谦卑的方式，弯下了脊梁。便不知，此前不肯受诏入宋的坚持，到底还有什么意义？

凄风冷雨，似乎都是在为南唐而哭。李煜和他的随员登上开往汴京的大船，驶向未知的前程，告别了烙印着无数美好回忆的江南。

这次永别，被李煜以一阕《破阵子》留于史书，从中亦可窥见李煜对自己的一生，甚至对南唐历史最诚实的记录。

李煜的祖父生于五代十国的乱世里。他本是孤儿，在动荡时代饱受颠沛流离之苦，直到被南吴大臣徐温收为养子，改名徐知诰，才过上了衣食无忧的生活。昔日的苦难让徐知诰自小便懂得要靠自己的努力才能活下去，他发愤图强，其能力、见识、胆色远在徐温的亲生儿子之上，由此招致兄长们的嫉妒，甚至引起徐温的猜忌。

他的前半生几乎都在斗争中度过。最初，为了自保，徐知诰谨言慎行，避免招致徐家人的不满，还利用徐家势力在朝廷谋求一席之地；之后，他小心应对起了杀心的大哥徐知训，为此不得不到荒芜之地镇守；徐知训因嚣张跋扈被杀，而徐知诰的力量正逐渐壮大，他开始与权倾朝野的徐温抗争，防止养父篡位；徐温死后，徐知诰已无对手，他起兵篡位，于公元937年建立南唐。两年后，徐知诰恢复原来的姓氏，改名李昇。

李昇时代是南唐的极盛时期，国土包括现在的江苏、安徽、江西、福建等地，绵延三千里。建国之初，曾有大臣建议李昇以李唐王朝的后人自居，并以此扯起旗号继续统一天下。李昇是一个善于审时度势的政治家，他清楚地意识到当时的南唐并不具备统一天下的实力，于是以不忍见百姓陷于战乱为由，决定采取休养生息的政策。

之后，不论是李璟还是李煜，都牢牢恪守着李昪不要轻易用兵的遗训。然而，李昪不用兵，是因为时机不成熟；李璟父子不用兵，却是贪图太平盛世的逸乐。

李煜曾以割土称臣换取短暂和平，毫无其祖父横刀立马的王者风范。我们不能盲目责备李煜的怯弱，须知这与人的成长环境有很大关系。李昪生长于逆境，不抗争，唯有死；李煜却在金陵城内豪华的皇宫里长大，雕龙绘凤的宫殿楼宇高耸入云，奇花异草点缀其间，一眼望去，烟雾缭绕、丝萝缠绕，俨然人间仙境。

这座宫殿遮风挡雨，圈起了世间最极致的繁华，也把民间疾苦挡在宫墙之外，李煜既不知道打江山的凶险，也不懂守江山的不易。昔日，西晋时年逢灾荒，大臣奏报民间缺粮，很多百姓被饿死，晋惠帝司马衷不解地问："何不食肉糜？"没有饭吃，他们为什么不喝肉粥呢？这个笑话流传千古，成了后世人嘲笑庸君的范本。与晋惠帝相比，李煜对民间疾苦的了解多不了几分，在处理政务的能力上，也如幼齿孩童。眼见江南诸国逐一被北宋吞并，李煜茫然无措。

等到北宋的铁蹄踏破石头城，他仍旧是茫然的，求生欲望瞬间占了上风。等记起昔日曾扬言若一朝城破将自焚殉国，他已踏上北上的路途。他是赵匡胤的俘虏，同行的，是凯旋的宋军。

昔日不识干戈的君王，在亲眼目睹了战争的残酷后，只有一声长叹。

城破国亡在“一旦”之间发生，战事如此匆忙，以至于李煜在沦为俘虏后有短暂的错愕与迷茫。旦夕之间，李煜从人间高处跌落谷底，昔日繁华远去，留下一片苍凉。他在眨眼间变得消瘦、苍老，再不是那个在人间仙境里远离战争和苦难的懵懂人。

亡国带给他的打击是巨大的，以“沈腰潘鬓”来形容他的憔悴也不过分。“沈腰”“潘鬓”各有典故。前者说的是南北朝时的文人沈约，久病缠身，在给朋友写信时，称自己越来越瘦，每隔几日就要紧一紧腰带，后人即用“沈腰”形容人的消瘦；“潘鬓”出自西晋潘安的《秋兴赋》，赋中有“斑鬓髟以承弁兮，素发飒以垂领”之句，而潘安鬓发斑白时，年不过三十有二。

自南唐立国到亡于李煜之手，不过四十年，这三千里大好河山就变了主人。北上之前，憔悴潦倒的李煜率领族人，最后一次祭拜宗庙。他曾多次在这里祭天祭祖，只不过，这一次却没了帝王的排场，只有一个不肖子孙内疚的忏悔。赵匡胤一直催促李煜速速上路，并没有留给他多少时间，因此，连最后拜别祖庙之行，也失了体面与敬重，显得异常仓皇。

由李煜亲自创建的教坊，已经奏响了离歌。哀伤的曲调中，他看到平时服侍自己的宫人，想到自此后再见不到熟悉得如同体肤的南唐旧地、旧人，终于忍不住哭泣起来。

很多时候，弱者的眼泪能换取同情的目光，但李煜对着宫娥洒下的泪水，却招来后人一片骂声。对此，苏轼曾说："后主既为樊若水所卖，举国与人。顾当恸哭于九庙之外，谢其民而后行。顾乃挥泪宫娥、听教坊离曲哉！"很多人像东坡居士一样，认为李煜当在宗庙内痛哭流涕，向祖宗忏悔，向南唐子民谢罪，而不该"垂泪对宫娥"。国破日尚眷恋美色不知悔改，真是把帝王风范丧失殆尽！甚至，有人因此怀疑《破阵子》并非李煜所作。

王国维先生却持相左意见，认为此举恰恰表现出李煜的真性情。

李煜此刻虽已渐识干戈丧乱之苦，但他没有经历过祖父立国的艰难。于他而言，家国天下仍只是空洞的概念，宫中常伴身边的宫娥，反而是有血有肉的真实存在。家国沦丧，他要与往日的自由和繁华告别，需要挥泪作别的对象中，自然包括那些日日相处的宫娥。

随着李煜辞庙，李昪建立的南唐最终覆亡。李煜之前做所的一切，都是在逃避战争，现在，他终于彻底告别了战争的威胁。

国破日，干戈方止。

从今以后，他的生活再不会被战争困扰，但垂泪的时刻却越来越多。他的泪水，洒在北上的船中，一首凄凉的《渡江》诗，可见其当时处境与心境。

江南江北旧家乡，三十年来梦一场。

吴苑宫闱今冷落，广陵台殿已荒凉。

云笼远岫愁千片，雨打归舟泪万行。

兄弟四人三百口，不堪闲坐细思量。

这首诗见于宋代马令的《南唐书》，被认为是李煜亡国后告别南唐北上时所作。不过，也有宋人郑文宝认为这是杨溥的作品。杨溥是南吴最后一个皇帝，当年，李昪就是夺了杨溥的江山，才创下南唐基业。李昪篡位后，封杨溥为“让皇”，并强迫他举家迁往润州。即便如此，李昪还是担心他会威胁到自己的统治，于是派人刺杀了杨溥。郑文宝称，《渡江》写的正是杨溥迁往润州时的所见所感。

李煜和杨溥，便因这首诗而屡屡被联系在一起。他们都因无情的争斗，被更强大的人驱逐出“凤阁龙楼连霄汉，玉树琼枝作烟萝”的温柔乡，在雨打行舟时，流下“泪万行”。

想必，豪气干云的李昪因杨溥之泪愈加享受成功的荣耀时，万没想到，相似的命运，会在他的后人身上重现。

卷四

多情空余恨，一江春水千古愁

幽囚岁月，往事难了

浪淘沙·往事只堪哀

往事只堪哀，对景难排。秋风庭院藓侵阶。一任珠帘闲不卷，终日谁来？

金剑已沉埋，壮气蒿莱。晚凉天净月华开。想得玉楼瑶殿影，空照秦淮！

词中居然有“剑”，这在婉约缠绵的李煜词中，初见时令人万分惊艳。然而，这金剑却“已沉埋”，有壮气，却被掩埋在蒿莱里。读罢，让人感觉奔跑途中一脚踩空，满腔豪气提不上来，便因窒息而战栗不止。

另有人说“金剑”二字应为“金锁”“金锁已沉埋，壮气蒿莱”是从刘禹锡《西塞山怀古》诗中化出。刘诗曰：“王濬楼船下益州，金陵王气黯然收。千寻铁锁沉江底，一片降幡出石头。”石头城金陵本是“王气”聚集之地，但也正是在这里，王濬降了西晋，李煜失了南唐。南唐纵有金剑，大将林仁肇已死，李煜倚重的另一名将领刘澄已降，只有宫中舞姬还能舞剑，却不能御敌。

告别金陵时正值秋日，万里无云、天空如洗。朦胧中，参差宫殿、雕栏玉砌，连同笙歌美酒、才子佳人，都成为十里秦淮河中的美好倒影。

秦淮河热闹依旧，却已不再是李煜的秦淮河了。他随凯旋的宋军顺水行船，抵达了曾日夜眺望的汴京。昔日望远，是挂念着在京城为质的弟弟从善。如今距离渐渐近了，他却盼着远远逃离。

流水不会因他的悲伤而逆行，一路北上，下舟登车，队伍抵挡了汴京。繁华的街道两旁都是欢呼的百姓，他们为得胜的军队鼓掌呐喊。李煜站在喜盈盈的人群里，黯然神伤。

不再有富丽堂皇的宫殿，他在偌大的汴京城里，只拥有一座受人监视的院落，垂头丧气地停驻于此，就像鸟儿折了双翼。他曾穿着一身明黄衣衫，端坐在大殿内，接受文武百官的朝贺，清秀的脸上是如江南暖风一般和煦的笑容，但山呼万岁的喧闹，还是衬托出了他的贵族气度。

几番寒暑，宋朝的使者闯入国门，进了宫门。黄袍换了紫衫，他态度谦恭地迎来送往，而对方只不过是北宋一名使臣。这时的李煜还没有想到，等待他的将是更深的屈辱。降宋以后，他连迎来送往的自由都失去了。史册记载，李煜在汴京的居所门口，“一老卒守门”，以约束他的行为，让他不得随意与他人接触。

再没有人陪他对弈，没有人与他诗词唱和。李煜一个人，望江南、上西楼，看寂寞梧桐，观弯月如钩。深深的院落锁住清秋，却锁不住一颗思恋故国的心。

寂寞的时光悠悠而逝，又到秋天，却仿佛已经过去了一个漫长的世纪。在寂寥时节，往事桩桩件件涌上心头，催生了这曲缠绵与悲壮交杂的《浪淘沙》。

秋风飒飒，庭院深深。因为很久无人来访，苔藓肆无忌惮地蔓延，显得愈发茂盛。昔日，刘禹锡的居所里也曾遍布苔藓，“苔痕上阶绿”，十分可喜，与李煜所见，可谓景相似情相异。刘禹锡虽称自己的居所为“陋室”，但“谈笑有鸿儒，往来无白丁。可以调素琴，阅金经。无丝竹之乱耳，无案牍之劳形”，志同道合的好友相会于此，何等快乐。

可是，这所软禁着亡国之君的汴京小院里，却一片萧索。词人懒坐屋中，连珠帘都懒得卷起。“终日谁来？”等人来，盼人来，却情知无人来。

或许，他也曾高卷珠帘，伫立门前，等着故人来访。但门前永远是那个守门老兵的身影，偶尔两三人影掠过，不过是好奇窥探的路人。

他是在盼着胞弟从善来访吗？

从善入宋后，李煜每到重阳怯登高。现在他们同处一城，又逢重阳迫近，兄弟能否一起登上高楼，凭吊故国？李煜盼望能见到从善，即使那熟悉的面孔会勾起他对年少岁月和旧时宫廷生活的追忆，他还是盼着重逢。

但从善没有来。宋王朝对从善一向待遇优渥，即使在宋太宗赵光义对降王大开杀戒时，他也没有受到波及，连他的两个儿子，都有了北宋的官职。越是被施以更多恩泽，从善越不敢以这些利益为代价，不敢违背宋帝的命令私见李煜，即使那是他的兄长。何况，对这位怯懦的兄长让自己代他入宋为人质的前嫌，从善未必能够释怀。

他是在盼着旧臣张洎前来吗？

南唐被围时，大臣张洎反对投降，为了鼓励李煜，他发誓“若城破，臣当先死”，并派人向各地送蜡丸求救。城破后，张洎却没有自杀，不是因为畏惧，他想方设法来到李煜身边，希望能照顾前途难卜的君王。

有时候，活着比死了更难。

张洎如果选择死于国难，至少会留个好名声，可他选择了活着，屈辱地陪着他的君王一同北上。明德楼下，赵匡胤大声斥责张洎。张洎梗着脖子说：“各为其主，今能一死，尽为臣之份了。”那时李煜甚至忘记了自己的安危，时刻担心着张洎。他在那一刻坚定地相信，张洎是难得的忠臣，定会陪伴在自己身边。

可是后来，赵匡胤邀张洎到北宋为高官，表示欣赏他的风骨和忠心，希望张洎对他可以像对李煜一样忠心。亡国的苦难、死亡的恐惧都不曾软化张洎的铮铮铁骨，软语抚慰和真心敬重却让张洎臣服了。

在翘首盼人来的日子里，不知李煜是否想起过孟尝君。

孟尝君是战国四公子之一，门下曾有三千食客。他落难时，怕受连累的食客纷纷逃散，只有冯谖一人留下，并帮他东山再起。孟尝君自认为无愧于门下诸人，痛恨他们漠然的态度，便对冯谖说：假如再见到旧人，定要奚落羞辱一番。

冯谖略一思忖，劝说道：“富贵多士，贫贱寡友，事之固然也。”

贫贱中的李煜，久不见故人，又没有如冯谖一样的智者来开导，久而久之，苦闷难抑。当徐铉来访时，他大喜过望，撤去全部戒心，只想和故人说几句知心话。言多必失，身处险境的李煜本该把这句话奉为至理，但激动之余，他竟然口不择言。

徐铉是陪李煜北上的南唐大臣之一，以能言善辩著称。在金陵明德楼下，赵匡胤声色俱厉地训斥徐铉不劝李煜早日投降，徐铉没有争辩，只说：“臣为江南大臣，国亡罪当死，不当问其他。”忠君爱国之心感天动地，本可流芳青史，但徐铉最终还是没能抗拒北宋给予的权势诱惑。徐铉本来不敢去探望李煜，作为南唐旧臣，他难免心中有愧，但宋太宗不仅囚困了李煜的人，还想洞察他的心思，于是命徐铉前去打探。

李煜实在孤单了太久。他见到徐铉时，不等对方行礼就匆忙跑下台阶相迎，全然不顾礼节，或许是因为他自知再无昔日特权。他还拉着徐铉的手，想并排而坐，但徐铉坚持垂手侍立在侧，就像以前在南唐宫廷中一样。这相似的场景，让李煜失了分寸，根本不问徐铉所来目的，便挽着他痛哭流涕，直言后悔当初错杀了忠臣。

李煜对徐铉十分放心。他还记得北上途中，徐铉写过一首《过江》诗。

别路知何极，离肠有所思。
登舻望城远，摇橹过江迟。
断岸烟中失，长天水际垂。
此心非橘柚，不为两乡移。

天真如李煜，竟一时忘记了最忠诚不过人心，最善变也不过人心。徐铉曾以“此心非橘柚，不为两乡移”表白心志，李煜就相信了，记住了。他并没有想到，徐铉离开这个小院后所做的第一件事，就是把李煜说过的话全部上报给宋太宗。

错杀忠臣的悔意惹恼了宋君，赵光义本来就对李煜疑心重重，由此开始动了杀心。宋太宗后来以牵机药毒杀了李煜，背叛他的旧臣徐铉可谓刽子手之一。亲手送上毒酒的赵廷美，既是宋太宗的弟弟，也算李煜的朋友。

宋军攻打南唐时，赵廷美曾奉旨前去劳军，他在金陵结识了投降的李煜。赵廷美平时也喜欢写诗作文，两人偶尔谈起诗道，十分投缘。李煜到达汴京后，每逢入宫或参加宴会，少不了与赵廷美相见，聊起诗词种种，仍怨天短难以尽兴。

978年七夕，是李煜四十一岁的生日。宋太宗命人把牵机药放在酒中，派人唤来赵廷美，哄骗他带美酒去给李煜祝寿。毫不知情的赵廷美高兴而去，李煜连声道谢，在对方离去后饮下了毒酒。很快，他腹中绞痛，全身抽搐，咽气时身体扭曲如一张弯弓。

那天，他难得兴致勃勃，开心地卷起门前珠帘，把好友迎入室内。在人生最后的时刻，他与好友欢喜对谈，然后沉默地死去。珠帘无人放下，夜来风起，玉珠相互碰撞，哗哗作响，犹如哭泣。

一梦浮生，无路堪行

乌夜啼·昨夜风兼雨

昨夜风兼雨，帘帏飒飒秋声。烛残漏断频欹枕，起坐不能平。

世事漫随流水，算来一梦浮生。醉乡路稳宜频到，此外不堪行。

来到汴京后的无数个夜晚，李煜辗转难眠，在痛苦的回忆、尴尬的现实和迷惘的未来中乱了分寸。对身处厄境但无力反抗的人来说，路只有两条，要么索性认命，换一份今朝有酒今朝醉的虚伪洒脱，要么沉溺于持续的痛苦，堕入逃不出的深渊。

李煜无法像同样归降北宋的吴越王似的，在这繁华的汴京城里做个富贵闲人，连昔日最能诱惑他的书画诗词都没了治愈的魔法。悔不当初的恨，彻骨的寒意，像条贪婪的毒虫，啃噬着他的神经。

又一个夜晚，囚居中的李煜被亡国之痛侵袭。窗外风雨大作，寒气透过帘帏逼入室内，人在内室深处，犹觉遍体生寒。李煜闭着眼睛，试图把这肃杀的秋屏蔽在视线以外，但飒飒风声入窗，又透过几重帘帏，还是传入耳中。

春花秋月向来如此，拦不住它的流逝，也阻不了它的到来。

若有亲朋相伴，被秋意牵扯出的伤感或许还能消减几分。但他形单影只，有孤灯映出茕茕孑立的身影，又有残漏声声如泣。

漏是古代计时仪器。古人在铜壶底上穿孔，在壶中插入箭标，然后注水，水会从壶底滴落。根据滴落的水滴和箭标上的刻度，可判断时间。“漏断”二字，表明壶中水将滴尽，已是后半夜了。

夜半不眠，看着烛火舞动跳跃，而烛身却渐被耗光，他想起来，南唐的国力就是被这样耗尽的——那时他沉迷于笙歌醉梦，每天的日子绚烂得如同火焰，就这样，焚毁了国力民心、祖宗基业。水从漏中滴落，滴滴答答，仿佛光阴成了骑马前行的少年，马蹄卷起沙尘，待散去时，却见孟浪少年已鬓染白霜。

白日的喧嚣与浮华被深沉的夜色搁浅，人也随之慢慢沉淀，最易听到自己的心声。悔恨涌上来，在胸腔里翻卷回荡，不眠不休，人也变得格外脆弱。从人间奢华处被抛落到这座北方囚笼，其间多少悔、几多恨，怕是连李煜自己都说不清。

今昔的翻天逆转不过是两三年间事，却足以将他折磨得形同老朽。往事是梦魇，今朝是囚笼，他逃无可逃，坐立不安。昏黄的烛光里，瘦削的剪影被映在窗纸上，又被窗外雨水浸湿，仿佛苍天伴他一同吞声饮泣。

冷雨凄风、烛残漏断，纵然想强颜欢笑，也做不到了。他不由感慨，真是命运沉浮难定，人生不过一梦。

人生如梦，抒发过同样感慨的古人中，苏轼远比李煜更加出名。

在赤壁古战场，苏轼遥想公瑾当年的风采，看着如画江山，高歌对千古风流人物的敬仰，最后，一曲豪迈的《念奴娇》，收束于“人生如梦，一尊还酹江月”的喟叹。彼时，苏轼正处于仕途的低谷，但多年沉浮已成就了他豁达的心胸，故而词中虽有忧愤，但不见心灰意冷之意。他举杯奠祭万古长存的大江明月，是对英雄的祭奠，也是自我的坚守。

苏轼的人生是波浪式的，起起落落，多数人如此。但李煜的一生却如瀑布，从巅峰直落谷底，再无逆转可能，谁见过逆流的瀑布呢？不能像苏轼一样，在大小间杂的风浪里学会适应、变通和坚守，所以，他只能感叹人生像一场梦，虚幻、缥缈、难定，而无力从困境里挣脱。

李煜唯一的挣扎，停留在心灵层面。“起坐不能平”四字，状其在室内坐立不安、来回踱步的景况，更是他内心翻江倒海、不得安宁的写照。逆境求生，本来是一种本能，就像野生的鸟儿一旦被擒入笼中，纵使头破血流，也会不停撞击笼子，想要重归蓝天。李煜自然也不想一直沉浸于痛苦，但他缺乏以命相搏的勇气。

很多时候，生活就如今人徐志摩所言：爱和解脱，都无法彻底。

懦弱的词人没有任何刚烈的手段来放抗，他的解脱方式，就是饮酒，饮到大醉。

在中华民族几千年的文明史中，酒和女人一样，常被视为误国之物。商纣王曾建酒池肉林，纵情声色，暴政误国，后来武王伐纣，纣王自焚而死；东晋司马曜酒醉后扬言要废掉张贵人，结果被张贵人杀害；北齐文宣帝高洋本大有作为，但每每酒后杀人，朝廷人心惶惶。古人把美人比作误国祸水，酒更是庸政迷药。

酒自诞生后，还慢慢渗入了中国文人的血液。晋有陶渊明，其诗文几乎篇篇有酒；唐有饮中八仙，如李白、贺知章、张旭等皆位列其中，他们醉后戏君主，脱帽王公前，挥毫泼墨，在一卷史册上留下段段染着酒香的风流佳话。

李煜还是国主时，也常常饮酒。那时他年少风流、位高权重，南唐宫中不乏美酒佳酿。醉后的李煜，更肆无忌惮地抛去帝王身份，展露出文人本色。春风正得意，美酒点缀着李煜惬意的生活。后宫中，他与小周后花屋对饮；禁苑里，他握住斟酒美人的纤纤玉手；宴席上，他和冯延巳等文人大臣饮酒赋诗；重阳佳节，他与众兄弟对酒赏菊。

酒醉后，李煜所做的不过“拈花蕊嗅”之类，尽显才情与风流。他爱酒，却未因酒误国，但是亡国后，他又成了酒鬼。

北宋刘斧在《翰府名谈》中记载，李煜在幽禁期间“务长夜之饮，内日给酒三石”，宋太祖赵匡胤甚至担心他醉酒而死，禁止再给他供应酒。为此，李煜上表：“不然，何计使之度日？”由此才让赵匡胤改了主意，下令继续供酒。

无酒则不能度日，并非李煜果真贪杯，而是他要借此麻醉自己。对他来说，想要逃避痛苦，最好的去处莫若醉乡。

醉乡之说，出自初唐文人王绩的《醉乡记》：“其土旷然无涯，无邱陵阪险；其气和平一揆，无晦明寒暑。其俗大同，无邑居聚落；其人甚精，无爱憎喜怒。”

在王绩的描述中，醉乡与世隔绝。那里的风物人情，像极了陶渊明笔下的桃花源。阮籍、陶渊明等人都曾游历此间，沉迷忘返，甚至愿意死在这里，葬于醉乡土壤。置身醉乡，可忘忧解愁，无爱憎喜怒，这臆想出来的福地，不正是李煜所追求的吗?

《醉翁亭记》中，欧阳修曾说："醉翁之意不在酒，在乎山水之间也。"无论是阮籍、陶渊明还是李煜，之所以想常留醉乡不愿返，恐怕也不是爱酒使然。在那个世外桃源，他们能躲避令人烦忧的种种世事，随心所欲地自由生活。

囚居汴京的屈辱，还有不知明日何如的惶惑，都让李煜心惊胆战。醉乡路途平坦，民风淳朴，最能带给他抚慰，难怪他会说"醉乡路稳宜频到"。可是，一句"此处不堪行"又把人从幻想拉回残酷现实，渲染出更深的绝望。

靠饮酒才能度过漫漫长夜，已十分可怜，而那片醉乡，竟也不是轻易就能抵达的，更是可悲。

喝再多的酒，终有醒来的时刻。

对于被幽禁的李煜而言，清醒是可怕的。醉梦中见到的景色越美好，醒来后的失落就越强烈。他不忍一遍遍重温旧日美好被兵戈打碎的往事，于是便想永远沉沦于醉乡，不再发出来。在无数与孤灯残漏相伴的夜晚，他饮下一杯又一杯，喝干一壶又一壶。

但不知他是否意识到，壶里杯中，都是自酿的苦酒。

梦回南国，花落莺啼

望江梅二首

其一

闲梦远，南国正芳春。船上管弦江面渌，满城飞絮滚轻尘。忙杀看花人。

其二

闲梦远，南国正清秋。千里江山寒色远，芦花深处泊孤舟。笛在月明楼。

现代文人朱自清曾说：“逛南京像逛古董铺子，到处都有些时代侵蚀的痕迹。你可以揣摩，你可以凭吊，可以悠然遐想。”古董铺子南京，便是李煜的金陵。

公元937年，苦心经营了二十余年的李昪，终于完成建国宏愿，定都金陵。在这之前，已有吴、东晋、宋、齐、梁、陈六朝先后以金陵为都城。千百年间，六朝开国者皆气吞万里如虎，经了几世，又有子孙把祖宗基业拱手让人。秦淮河沉默地见证着这一切，它缓缓流淌，宠辱不惊。

世人却不像秦淮河，能经历几世修炼，培养出看花开花落、云卷云舒的从容气度。但凡经过金陵的骚人墨客，多会睹物怀古，留下诗文歌赋，发千古幽思，不断丰富着和金陵有关的念想。

在李煜的生命中，金陵是特殊的，他人生的大半都在这里度过。南唐山河蔓延三千里，在他眼中不过浓缩成一方金陵城内的景致。以往隔着一堵红色宫墙，他看不清这座城，如今隔着从汴京到金陵的千里万里，故国的轮廓竟然那么清晰。

他有心凭吊，便赋诗词，两首《望江梅》抒发的就是对金陵的怀念。亡国前，李煜的作品多擅长白描，亡国后则偏重一泻千里式的情绪表达，像《望江梅》这样通篇以工笔描摹故国细节的词，并不多见。

金陵城是诸多朝代的缩影，是历史兴衰的物证。文人屡屡借此地抒情，仅李白一人创作的有关金陵的诗就超过五十首，其中最著名的是《登金陵凤凰台》，“凤凰台上凤凰游，凤去台空江自流”两句，晕染出无限凄清苦味。当李白们站在金陵城内，会以旁观者的身份追思历史，审视兴亡，作品大多沉郁，或惋惜，或哀叹，或讽刺。

李煜并非一个旁观者，他眼中的风景，自与那些旁观者不同。

审视和评价自己是一件困难的事情。审视金陵，便是审视南唐，便是审视自己昔日的作为与不作为，这对李煜来说是残酷的。每逢想到金陵，想到南国，怀念与忧愁便在心中一泻千里。

想再回南国，只能在梦里。李煜言“闲梦远”，无丝毫悠闲之意，实在是因为他终日无事可做、无聊之极。倘若身处君位时，能有这么多闲暇时间，定是一种享受，他就能尽兴赋词谱曲、参禅赏花，而不必担心忽有一日，会被耿直的大臣斥为昏君。但在汴京院落，“闲”却像一剂致命毒药，束缚了他的身体，却让思维更加活跃。思绪越飘越远，甚至到达了久别的江南，并困于南国温柔乡里。

梦终究会醒，但世间还有比美梦消逝更残酷的事，就是还未入梦，就知道眼前一切都是虚幻。李煜就承受着这样的折磨，因“远”难归，即使在梦里，他也知道，今生今世，双足再也踏不上江南的土地了。

入梦时痛，醒来还痛，却又屡屡探身梦乡，梦回江南，如饮鸩止渴。

两首《望江梅》一写江南春色，一写江南秋意。

江南锦绣之乡，芳春绵长，不像北方苦寒地的春天那样来也匆匆、去也匆匆，没等人凝眉注目地感受到一抹温柔，就消失无踪了。李煜梦到的江南之春，其最温柔最华美的风景，莫过于穿城而过的十里秦淮河。秦淮河终年不冻，画舫穿行，如流动的繁星。船上人曼舞轻歌，被碧水载着，悠悠荡荡漂向游人如织的堤岸。

秦淮河水碧而绿，如翠如玉，好像凝聚着六朝的金粉，串联着李煜的厚重记忆。江上丝竹管弦呕哑不停，城内杨柳春风皆有柔情。柳絮飞起，杨花又落，整座城市都被拥抱在这片绵软中。百花争妍斗美，游人摩肩接踵，踏起的烟尘与飞絮共舞，把个金陵城烘托得更加热闹。花太多，景太美，令人目不暇接，简直“忙杀看花人”！

与春的温暖与艳丽相比，金陵的秋抖擞出三分清爽。在李煜的梦中，千里江山被秋色笼罩，不见熙熙攘攘的纷乱，只有停泊在芦花深处的一叶孤舟。正如宋君赐下的小院，何尝不是繁华汴京城中一叶孤独的小舟？从被众人相拥到无人问津，其后的寂寞，只有李煜自己能懂。明月升起，小楼上传来熟悉的笛声，这一切，显得亲切又遥远。

春的繁华和秋的寂寥，各有情韵，相互交织，便是李煜梦中的南国风光。他对这梦境的记忆如此清晰，分明是未入梦时就已在心中展开了回忆的画卷。或者是因为在无形无迹的秘密监视下，他不敢明言牵挂，只能借梦境怀念故国，谁能控制自己的梦境呢？又或者，他只是在现实回忆中陷落太深，以至于不知道自己是在梦里，还是在清醒的现实里。如庄周梦蝶，现实和梦乡纠葛缠绕，真真假假、虚虚实实，难辩难言。

李煜无法以一个局外人的身份，以淡漠的口吻诉说江南春秋。每一艘画舫，每一簇飞絮，每一朵春花，每一片落叶，都是烙印在他心里的江南印象、故国回忆。词中虽不见他的身影，但有“闲梦远”三字领起，便知读者循着文字痕迹踏出的每一步，都是他魂牵梦萦的风景。

几乎在同一时期，李煜还写过两首《望江南》。相比之下，《望江南》的情感更加浓烈，寥寥数语即可见从大喜到大悲的转变。

其一

多少恨，昨夜梦魂中。还似旧时游上苑，车如流水马如龙，花月正春风。

其二

多少泪，断脸复横颐。心事莫将和泪说，凤笙休向泪时吹，肠断更无疑。

与《望江梅》两首均为梦中景致不同，《望江南》一写梦境，一写现实，梦以“恨”开头，现实以“泪”总领。梦中，他自然是又回江南，如旧时每次出行一样，龙车凤辇、侍者如云。追随者如众星拱月簇拥着年轻风流的国主，那时的李煜，真可谓春风得意，马蹄疾飞，他一日看尽南唐花月春风。

可是，现实中他的景况又如何呢？

入宋后，李煜曾给旧时宫女庆奴写信，信中称“此中日夕，只以眼泪洗面”。如此沉重的哀伤和悔恨，只怕秦淮河上往来不息的大小船只都载不动。“多少泪”，这是盼，盼早日心暖泪痕干，这是叹，叹伤心至死方休。不知经历过多少次长痛与短痛，他才终于绝望，明白自己对江南的思念根本无处亦无法消解，由此发出“肠断更无疑”的叹息。

思念总发生在想要忘却之时。他越想摆脱旧时回忆，江南风光就把他抓得越紧，他反手想留下一捧故国湿润的泥土，梦中熟悉的南国景色却陡然变作细沙，从指间迅速溜走。

梦是留不住的，断肠之痛却总如新伤。

被幽禁，被冷落，被遗忘，这样的现实让李煜备受煎熬。但现实的残酷远不止如此。入宋后，李煜在多首作品中忆及南国。无论是回忆中还是梦里，南国似乎从未改变，仍如鼎盛时期那样繁华，车如流水马如龙。

但事实上，南唐已经变了。

南唐境内的反抗已渐渐停歇，学子们开始参加宋朝的科举，李煜提倡修建的佛寺和教坊被大量削减——现实的南国，不再是李煜梦中的模样。对于他旧时的子民而言，“南唐”国号已不存在，李氏家族统治的四十年，成了一段短暂的历史，且会在时光流逝中泛黄、褪色，最终被大多数人遗忘。

或许，李煜是知道这些改变的，只不过，他已无法用双臂拥抱南国湿润的空气，只好把昔日见到的每一寸风景，留在梦里，留在回忆里。最后的南唐印象，在最后一位南唐国主的心里。他愿意与大多数人背道而驰，成为最后记着这个国家、这段历史的人。

凭栏无言，几番滋味

相见欢·无言独上西楼

无言独上西楼，月如钩。寂寞梧桐深院锁清秋。

剪不断，理还乱，是离愁。别是一般滋味在心头。

阅读李煜亡国后的诗词，很容易发现，他大多数时候都是一个人。或在珠帘后闲坐，或凭栏远眺，或夜挑灯花，或倾听残漏。在这些寂寞时刻，偶尔有风声雨声，偶尔有笙歌阵阵，总有一些因素，激荡起寂寞河流里的涟漪，不至于寂寞到绝望。

但这首《相见欢》不同，无论意象的选择，还是感情的抒发，都是沉默的、死寂的，让人无法确定这究竟是爆发的前奏，还是灭亡的预兆。

这一次，李煜仍是一个人。尽管他早知“独自莫凭栏”，却又忍不住饮鸩止渴，希望登高远眺的刹那，能暂时躲进对南唐的回忆里，忘掉冰冷残酷的现实。明月如钩，他独上西楼，踽踽登攀的身影，竟也有了些老迈的迹象。他虽无言，但并不是无话可说，而是，无人可与他共语。

天上的一弯明月同样孤单，洒下清冷的光辉，似乎在诉说寂寞。月光照在高墙上，地上留下浅浅墙影。高墙把院内院外分成两个世界，墙外是自由的天地，墙内是囚徒的牢笼。墙高难越，触不到一点自由，连清秋也被锁在院里，就像被困于其中的人一样。

人寂寞，月寂寞，梧桐也寂寞。想必院中树木当不止一种，但李煜唯独以梧桐入词，和它的寓意相关。古典诗文里，梧桐常被用来寄托离别或悼亡之情，尤其秋日落叶的梧桐，更是承载着千古忧思。温庭筠以“梧桐树，三更雨，不道离情正苦”写女子长夜不眠的相思苦，贺铸以“梧桐半死清霜后，头白鸳鸯失伴飞”悼念亡妻，李清照以“梧桐更兼细雨，到黄昏，点点滴滴”倾诉国破家亡的恨事。

站在西楼俯瞰的李煜，也被秋日梧桐吸引，愁情骤起。

《相见欢》的上阕，缺月、梧桐、深院、清秋，渲染出凄凉意境，下阕“离愁”二字，直言所要表达的情愫。有些愁绪是可以抛却的，如唐代雍陶言“心中得胜暂抛愁，醉卧凉风拂簟秋”，如宋代刘子翚“梁园歌舞足风流，美酒如刀割断愁”，又如元代刘秉忠言“一曲清歌一杯酒，为君洗去古今愁”。但李煜的离愁，却剪不断，理不清，萦绕于脑海，根植于心底。

李煜对离愁的表达，某种程度上可以反映出其女性化的性格。“剪不断，理还乱”六字，极易使人联想到古代女子做女红时把丝线错乱缠绕的情形，男子少有这样的生活体验，但李煜却准确地捕捉到了那种细腻的感觉。

“生于深宫之中，长于妇人之手”的幼时经历，让李煜性格中多了阴柔绵软，少了杀伐决断的阳刚气魄。

论起“长于妇人之手”的男子，《红楼梦》里的贾宝玉必然名列其中。他和李煜一样，都具有偏于女性化的气质。贾宝玉对胭脂女红格外迷恋，他看到凤姐的陪嫁丫鬟平儿正在梳妆，便上前搭话。一番长篇大论虽嫌啰唆，但可见他对脂粉黛钗的研究之深。

那市卖的胭脂都不干净，颜色也薄，这是上好的胭脂拧出汁子来，淘澄净了渣滓，配了花露蒸叠成的。只用细簪子挑一点儿抹在手心里，用一点水化开抹在唇上，手心里就够打颊腮了。

李煜词中对女子妆容的细致描摹也表现出这种倾向。此外，李煜对香料也非常挑剔，除了命匠人精制上好香料，还自制“帐中香”，在设置主香宫女，定时定点在宫中抛洒香粉香屑。

这两人都天真率性，向往自由，只不过，贾宝玉的女性化气质更像是对男权社会的反叛，因此他身上体现出强烈的反叛精神。但李煜不同，这种气质对他性格的影响，除细腻、善感以外，很大程度上表现为懦弱、犹豫和缺少血性，金陵城破前的荒唐一幕即是证明。

公元974年，是李煜登基的第十三个年头。在前十三年中一向沉醉于诗词歌舞的李煜，不得不开始把更多的精力投入到政治上。因为北宋的步步紧逼，他终于意识到战争已经不可避免。他继续派人向北宋纳贡，既是怀着一丝求和的希望，同时也是试图拖延北宋进攻的时间。在大臣的建议下，他下令囤积粮草、修建工事，仓皇备战。

为了鼓舞士气，李煜还做了最坏的打算。他慷慨激昂地说，自己将与南唐共存亡，倘若城破，他会和族人自焚赴死，以身殉国。

这誓言看似慷慨凛然，掷地有声，但在赵匡胤听来，却像个笑话。《江南野史》记载，赵匡胤听侍从转述了这番话，哈哈大笑，笑罢高声道："此措大儿语尔！徒有其口，必无其志。渠能如是，孙皓、叔宝不为降虏矣。"

"措大"是古人对落魄读书人的称呼，有蔑视意味。赵匡胤之所以这么说，分明是看不起李煜，认为他的殉国誓言不过是酸秀才的空话。历史证明，赵匡胤是了解李煜的，他果然没有赴死的勇气。

可悲的是，南唐子民却不了解他们的君主。

国主要以身殉国，这让净德院的八十多位女尼甚为感动。净德院是李煜下令修建的，在内修行的女尼都曾是宫中女子。国事岌岌可危，她们纷纷表示，如果城破也将自焚，追随君王，不做亡国奴。李煜感念她们的拳拳爱国心，于是约定，金陵城破之日，宫中将举火为号，自焚殉国。

宋军攻破金陵外围工事以后，听着震天的杀声，李煜赴死的勇气仿佛一下子被抽空了，他只是下令焚书，然后带着亲信、族人，出城投降，以求苟活。可怜净德院的女尼，把焚书的火光当成自焚的信号，于是点燃了早就备下的柴草，在烈火中彰显出南唐子民的骨气。

关键时刻，李煜竟不及几个女子勇敢果断。

看穿李煜性格懦弱、缺乏决断的，不仅赵匡胤一人。李煜出城投降后，宋军主帅曹彬特意准许他回去收拾金银细软。手下谋士担心李煜回城后会自杀，到时恐无人能负此重责，但曹彬回答道："煜素无断，今已降，必不能自引决，可亡虑也。"

若李煜有足够的血性和气概，或许早在登基之初，就不会写下谦卑的表章，以示讨好；或许他会努力联合江南诸国抗宋，未必能胜，但也未必会败，也可能就避免了兄弟分离、国破家亡的下场。然而，他舍不得夜夜笙歌的舒服生活，于是满足于苟安；他不敢赴死，就只能屈辱地活着。

南唐子民，并非都像他们的国主一样懦弱可欺。国破后，宋军在南唐土地上饮酒取乐，招来教坊乐师，命其奏乐。乐师感于亡国之痛，不肯屈从，最后被处死。宋人曾极曾有诗凭吊：

城破辕门宴赏频，伶伦执乐泪沾巾。
骈头就戮缘家国，愧死南归结绶人。

伶人尚知亡国恨，有以死报国的骨气。而身为君主的李煜，却选择了残喘度过余生，他心中怎能无愧？舍不得死，又活不自在，诸般过往缠绕心头，他理不清，剪不断，只被越缠越紧，最终不是死于窒息，就是发出一声绝望的呼号。李煜词中，“人生愁恨何能免”“往事不堪回首月明中”“流水落花春去也，天上人间”，其中哪一句，不是饱含血泪的呼号！

《相见欢》中的“离愁”二字，着实不足以表达他心里的全部滋味。夹杂其中的情绪太多，多到他自己也理不清数量；附着其上的分量太重，沉重到他日渐消瘦的身体已负担不起。酸甜苦辣咸，皆是人间滋味，分别品尝各有妙趣，但交杂在一起，别是一番滋味，让人苦不堪言。

半生浮华，物是人非

浣溪沙·转烛飘蓬一梦归

转烛飘蓬一梦归，欲寻陈迹怅人非，天教心愿与身违。

待月池台空逝水，荫花楼阁谩斜晖，登临不惜更沾衣。

如果说李煜曾对自己的人生做过总结，那么，这首《浣溪沙》大概就是他的全部心曲了。天教心愿与身违的无奈，是对无常生命的啼血控诉。如转烛，似飘蓬，必是一段难以言说的身世。

“转烛”最早见于杜甫的古诗《佳人》，中有“世情恶衰歇，万事随转烛”两句，道破世事艰辛。未曾识干戈的李煜曾在祖父膝下承欢、和父亲诗词唱和，与大周后携手种梅，与小周后画堂幽会。更多时候，他尽情展示出绝代风华，即使兵戎迫近，也不肯从偏安迷梦中醒来。然而，一朝烽火起，国门破，这个经历了半生浮华，被江南暖风湿雨哺育出的江南贵公子，就像杜甫笔下在战争中失去父兄的佳人，自此以后零落无依，才知人间苦难的滋味。

蓬草和蜡烛一样，都不能主宰自己的命运。蓬叶形似柳叶，花色洁白，一旦过了生长季就会迅速枯萎，且与根部断开，遇风飞旋。亡国后被幽禁在汴京的李煜，根在江南，人在北地。他还不及飞蓬幸运，蓬草至少会待花开枯萎后才与根断绝，李煜却是壮年时就因战争迅速憔悴，就像一株正在花期的植物，受尽风雨摧残，又被连根拔起，移植到另一方土壤生存。

李煜的一生，从浮华到幻灭，从欢乐到悲伤，就如风中烛光，风中飘蓬，命不由他定，由风定。

无论做“转烛”，还是成“飘蓬”，都非李煜所愿。回忆过去的种种，惊觉他人生中竟无多少如意事。感怀身世之余，惆怅和苦闷达到极致，一句“天教心愿与身违”，把所有不如意归结为天公不作美，而这，不过是李煜的自我安慰，也是他的又一次逃避。

能令李煜埋怨命运不公的，幼子仲宣的早夭乃是其一。仲宣聪敏强记，三岁时就能一字不差地背诵《孝经》，这本是当时书生们准备科举考试所学的典籍，他小小年纪就已熟记，足见其天资聪慧。除此以外，他熟悉全部繁缛的宫廷礼仪，和大臣相见时应对有度。

按照宫内规矩，皇子出生后应该由专门的宫人照顾，但大周后爱子心切，一直把他留在身边，亲自教导。公元961年，大周后病重，不得以只好让仲宣住在别处。他在佛像前玩耍时，一只猫蹿上悬挂在宫殿墙顶的琉璃灯盏，灯坠地发出巨响，仲宣受到惊吓。几日后，他竟就此夭折，当时只有四岁。

大周后得知仲宣的死讯，病情加重，很快也辞世。

年轻时便遭遇丧子、丧妻之痛，这对生活一向平顺的李煜来说，是无法弥补的憾事，只能徒劳埋怨天公不作美。至于几年以后的亡国，更是李煜不愿见到的。

在登基之初，一闪念间，李煜也曾想过要当一个好皇帝。大臣张佖曾劝他要以汉文帝为榜样，休养生息，励精图治。在这份奏章上，李煜批示："朕必善初而思终，卿无今直而后佞。"然后，张佖被提拔为监察御史。

可惜他的治国热情一闪而逝，反而终日流连于诗词书画、歌舞音乐、美酒爱情。耿直的大臣纷纷劝谏，李煜最初尚能一笑而过；后来，内史舍人潘佑和户部侍郎李平劝得多了，话说得重了，又有奸人从中挑拨，李煜竟将潘、李二人先下狱后诛杀。

大将林仁肇为挽救南唐王朝，向李煜献策先发制人，由他带兵偷袭北宋。为了保护李煜，他甚至道："若担心势不能敌，于国不利，可在我起兵之日，将我眷属拘捕下狱，然后再向宋朝廷上表，指控我窃兵叛乱。事成，国家或可受益；事败，我甘愿受杀身灭族之祸。"胆小怕事的李煜犹豫再三，没有接受他的建议；后来北宋使出反间计，李煜反而果断地毒杀了林仁肇。

另有《钓矶立谈》，记载着这样一桩事：

后主天性喜学问，尝命两省丞郎给谏、词掖集贤、勤政殿学士，分夕于光政殿，赐之对坐，与相剧谈，至夜分乃罢。其论国事，每以富民为务，好生戒杀，本其天性，承燹国之后，群臣又皆寻常充位之人，议论率不如旨尝。一日叹曰："周公、仲尼忽去人远，吾道芜塞，其谁与明？"乃著为《杂说》数千万言，曰："特垂此空文，庶几百世之下，有以知吾心耳。

原来，李煜也常和大臣讨论富国强民之策。但每当臣子的意见与他相左，他从不自我反省，而是责怪大臣们不理解他。他自比上古明君，感慨当今世上没有如周公、孔子一样的贤者，所以无人理解他的为君之道。他还把自己的治国见解记录下来，盼着百世后能有人理解。

根本不需百世，金陵城破的一刻，李煜所谓的“道”，已成为笑话。百世后若有人读到其“数千万言”，恐怕也只能长叹一声。

李煜自毁长城，又不肯听讽纳谏，亡国是人祸，怨不得天。

或许，性格已决定他本就不是南唐国主的上上人选。弘冀若没有病逝，从善若更为年长，或许，南唐都不会那么轻易就土崩瓦解。他既没有治国之才，又无领军之勇，除了仁厚，似乎不见其他任何可助其成为优秀政治家的品格。由此，后人更在百世之后，觉得《浣溪沙》中“天教心愿与身违”一句，其实也暗含了李煜不愿为君之心。

李煜是否真的不想做皇帝？这是个无人可以解答的谜题。倘若他果真厌倦庙堂，大可做个顺水人情，把皇位拱手让给野心勃勃的从善。事实上，他可能只是不想把有限的时间和精力，耗费在枯燥的治国理政上。光政殿内的臣子对答，远不如瑶光殿里的琵琶曲更能静心，勤政殿的权力博弈，更不及禁苑寻春的一分乐趣，李煜享受着皇位赋予他的种种特权，丰富着各种生命体验，却不想履行君王的义务，在国破家亡后，也归咎于天。

李煜笃信佛教，应知佛曰：“人生有七苦：生，老，病，死，别离，怨憎，求不得。”由此来说，“心愿与身违”本就是人生常态，所求越多，失望的机会便越多。就如李煜，要逸乐还要江山，要美人还要华年，倘桩桩件件都如他所愿，需得天公多少垂怜？

昔日在暮色中等待月上柳梢时那你侬我侬的情意，已如东流水。斜阳被琼楼玉宇掩映，在花荫上洒下一层金黄的余晖，如梦似幻。李煜畏惧的一切，都成了现实。下阕中“空”“谩”二字，道出说不尽的寂寞、悲凉、迷惘、无奈和追忆。

这所有愁绪，在登临时更达到了一个顶峰。客居他乡者，往往最惧登山临水。纵使山再高，也无法让登临者窥见故乡风光，极目处，天与地连接一起，极远又似极近，反而更增三分失落；纵使水再深，也无法让临水者御水而行，凭栏望，海天一线，那屏障若隐若现，又添了七分惆怅。

是谓登山临水，凝眸处，离愁更深。

可是，客居者又常常忍不住登临，总盼着天涯望断处，就是故乡。别离是愁，思念是毒，明知饮鸩止渴并非良策，却在刻骨牵挂中饮下一壶又一壶。

亡国前，李煜也曾在黄昏时独倚栏杆，虽然国将不国，日日沉溺于笙歌醉梦里的他，也盼望那一刻永不逝去。那时的他，大抵未曾想到过在异乡登临的万般苦楚。及至后来，心与愿违似乎成了人生的常态，等他再次登临，已在长江的另一边。

满鬓清霜，一纸凄凉

虞美人·风回小院庭芜绿

风回小院庭芜绿，柳眼春相续。凭阑半日独无言，依旧竹声新月似当年。

笙歌未散尊罍在，池面冰初解。烛明香暗画堂深，满鬓清霜残雪思难任。

车如流水马如龙的情境，已成如烟过往。李煜的汴京小院里，不见人踪只有风过。可见自然风物浑不似那般势利。早春时，春风又到汴京，吹开了北宋禁苑里的樱花，也不忘吹绿狭窄小院中的嫩草，本来沉睡的柳芽，也睁开惺忪睡眼，装饰枝梢，点染春意。

这一切仿佛发生在瞬间，春风神奇地令这个寂静得将要被人遗忘的院落也重新焕发出生机和希望。生命复苏，难道不是一件令人感动的事情吗？春色入眼，连绵不绝，令人心潮澎湃。

李煜低落的心情却没有因此振奋。从日出到日上中天，他都孤独地倚靠在栏杆旁，无人可以交谈，似乎也无话可说，姿势没有变化，甚至连紧锁的眉头也没有片刻舒展。他就像温柔春景中一尊不合时宜的石雕，木讷无趣。

但风还是吹进了他的心里，平静无波的表象下，实则暗流汹涌。之所以会痛苦，是因为他身在北宋，心却在南唐。

三国时，徐庶被曹操哄骗进曹营，一言不发，终其一生也没有为曹操献策。一则是因为他视刘备为主，誓死追随，二则是恼怒曹操派人模仿他的母亲的字迹来设计哄骗，累得徐母自尽身亡。一代名士，暮暮朝朝身在曹营心在汉，可悲而又可敬。

李煜的痛苦和无奈，比起徐庶更多几重。同样身陷敌手，徐庶是曹操器重的高士，因此才不择手段地请来；但李煜只是宋人的俘虏，败军之将尚不足以言勇，何况亡国之君。他当时在汴京的处境，由《十国春秋》中的一个故事可见边角。

宋太宗赵光义曾带李煜到藏书的崇文苑，他假意关切地道："闻卿在江南好读书，此简策多卿旧物，归朝来颇读书否？"宋军攻入金陵前，李煜曾嘱咐保仪黄氏，一旦城破，就把宫中藏书付之一炬，可见他多不愿看到凝聚着心血的藏书落到敌人之手。宋太宗明知这段旧事，却偏偏提起，无异于以利刃戳刺对方心窝。但李煜除了叩首谢恩，不敢表达丝毫不悦。

祸从口出，这道理他懂，所以才千忍万忍，只求安稳度过余生。但情绪就像春雪融化、冬雨成冰一样，并不完全由人掌控。忍无可忍时，李煜的浓愁就赋作含怨带恨的诗词。但在宋君淫威的威慑下，他寄托在《虞美人》中的情感仍是含蓄的，隐晦的。

此时他的生活已大不如前，但仍偶尔有歌舞之娱，“笙歌未散尊罍在”可视为佐证。不过，另有学者认为“笙歌”句其实是李煜的回忆，他的痛苦无以言表，只有当思绪被春风牵引回南唐时，才能得到暂时解脱。依稀间，笙歌美酒、如玉佳人又出现在眼前。想起在金陵时，每逢冰雪消融的初春，他都会早早命人备下迎春的宴席。席间佳人笑靥如花，君臣文采风流，歌声、笑声、羯鼓声响成一片。盎然春意仿佛都变成了跳动的音符，为生命华章增色添彩。

现在，初春所代表的希望与勃勃生机不再是李煜生命的主旋律。他是生活里，只有“烛明香暗画楼深”的冰冷晦暗。

已经入夜，烛光闪烁不定，熏香即将燃尽。夜色深沉，一片寂静，现实的一切提醒着想要逃避的李煜：这里已不是南唐后宫。

据记载，“李后主宫中未尝点烛，每至夜则悬大宝珠，光照一室如日中”，可谓极尽奢华。除此以外，仅在李煜和小周后的寝殿里，焚香用具就多达几十种，香料也都是特制而成。其中的一种香料，取不同重量的丁香、檀香、麝香、甲香等，细细研成粉末，再以梨汁调匀，用文火烘干，经数道复杂工序才能完成。

如此还不够，人工香料不及自然中的花香清新，于是李煜令人在宫殿里广植花苗，甚至命花匠想方设法，在宫殿墙壁、柱子、房梁上也种满花卉，并将宫殿命名为“锦洞天”。

在充斥着各种香味的南唐后宫，李煜如醉如仙，恍然不知人间几何。然俱往昔，如今所居之地，不但没有“锦洞天”的一分奢华，他甚至窘迫到连日常开销也一度捉襟见肘。

《续资治通鉴长编》记载：李煜出城投降时，见到了宋军主帅曹彬。曹彬不仅对李煜待之以礼，还善意提醒他：“你到了汴京之后，俸禄并不多。我劝你还是回宫多带些金银，以备日后之需。不然等我下令封存了宫中府库，把金银财宝清点入册后，一丝一毫都不能妄动了。”后来，曹彬还派了士兵帮李煜搬运东西。但李煜正沉浸在亡国之痛里，他从曹彬话中捕捉到的信息，便是北宋皇帝不会杀他。魂不守舍中，他只是仓促潦草收拾，显然辜负了曹彬的一片苦心。

曹彬的预料果然应验。北宋朝廷所给的俸禄，无异于施舍，根本不够他的日常支出。不得已，习惯了奢侈生活的李煜只好几次三番上表，请求北宋皇帝多多关照。贵为帝王时，他必然做梦也不会想到，有朝一日必须为五斗米折腰。但为了在这烛明香暗的画楼深处活得更舒服也更体面，他丢下尊严，如同一个卑微的乞丐。

这一刻，哪还见半分帝王的风发意气？生机勃勃的春日里，只见垂垂老矣的词人，两相对照，徒增伤感。

初春是美的，昂扬的，充满激情的，却被李煜赏出了凄凉况味，并非全是老之将至使然。唐代有文学家韩愈，在近花甲之年，还以两首《早春呈水部张十八员外》把初春之美写得有滋有味。

天街小雨润如酥，草色遥看近却无。
最是一年春好处，绝胜烟柳满皇都。

莫道官忙身老大，即无年少逐春心。
凭君先到江头看，柳色如今深未深。

年过五旬的韩愈，游兴不亚于少年，这与他当时的境况有很大关系。因平乱有功，韩愈被封为吏部侍郎，攀上了仕途顶峰，这才有“年少逐春心”。年不到四十岁的李煜，每日被国恨家仇折磨，忍受着屈辱与恐惧，其心情怎能与在人生坦途上行进的韩愈相比呢？他寻春无心情，甚至早生华发，都是愁绪所致。

李白有诗云："白发三千丈，缘愁似个长。不知明镜里，何处得秋霜。"杜甫也有"艰难困苦繁霜鬓，潦倒新停浊酒杯"的名句，白居易在其诗作《叹发落》中也说："多病多愁心自知，行年未老发先衰。"不只有岁月能将青丝化作白发，潦倒的生活和沉重的心事，依然催老年华。

不知何时，清霜残雪已染白李煜的鬓角。他本值壮年，但沈腰潘鬓，朝朝暮暮消磨无事。昔日风流帝王，今朝穷愁老态，真是世事翻转，人生无定。

半壁江山，一幅残卷

浪淘沙·帘外雨潺潺

帘外雨潺潺，春意阑珊。罗衾不耐五更寒。梦里不知身是客，一晌贪欢。

独自莫凭阑，无限江山，别时容易见时难。流水落花春去也，天上人间。

后人多把《虞美人》（春花秋月何时了）视为李煜的绝命词，但也有人对此持有异议。北宋蔡絛在《西清诗话》曰："南唐李后主归朝后，每怀江国，且念嫔妾散落，郁郁不自聊，尝作长短句云'帘外雨潺潺……'含思凄婉，未几下世。"他认为《浪淘沙》才是李煜绝笔。现代词学家唐圭璋先生亦表示了赞同，称《浪淘沙》“殆后主绝笔，语意惨然。五更梦回，寒雨潺潺，其境之暗淡凄凉可知”。

李煜词作的前后分期，多可从内容与风格辨出。时光的流逝不仅能使青丝变白发，还会消磨斗志，让过往的一切化尘归土，甚至抚平心灵的创伤。然而，在幽禁岁月里，看晴空红日当头，见皎月爬上树梢，寒来暑往，雁去雁回，从江南烟雨中走出的李煜，却始终无法植根于北方的土壤，对家乡的思念越来越深，痛苦与他如影随形。

在北国受人监控的岁月里，最初尚能隐忍克制，越往后，他的忍耐渐濒临极限，仿佛突然就生了反骨。原来被表达得隐晦的故国之思，渐渐趋向明朗，连赵光义施加的威慑和压力，也再不能阻挡情感的喷发。他在词中表现出来的痛苦鲜明而强烈，直至哀沉入骨。

对于“痛苦”的感受，鲁迅先生曾有过令人折服的阐释。他说：“人生最苦痛的是梦醒了无路可走。做梦的人是幸福的；倘没有看出可走的路，最要紧的是不要去惊醒他。”梦中的李煜，可回江南，可坐龙椅，可与兄弟对弈，可拥娥皇入怀，即便他只是在一个缥缈处闲极无聊地游荡，终归逃离了如牢笼一样的汴京。但醒来后，他还是在那座小院里，抬起头，也只能看见汴京的一方天空。

西方心理学家弗洛伊德把梦解释为“愿望的满足”，还有哲学家尼采说“梦是对白天失去的快乐与美感的补偿”，皆是表达了相似的意思：当愿望无法达成时，便在梦中求得片刻的圆满。古典文学中与梦有关的话题千百年来不绝，无论庄周梦蝶还是黄粱一梦，抑或李白梦游天姥山、陆游“铁马冰河入梦来”，都是因主人公所遇之事不随人意，所以他们才在梦境里勾画理想世界。

李煜传世词作不过三十余首，与“梦”相关的有十八首，占据半数以上。他前期作品记梦，多写男欢女爱、离愁别绪，如“可奈情怀，欲睡朦胧入梦来”“宴罢又成空，梦迷春雨中” “梦回芳草依依，天远雁声稀”；后期作品里的梦境，则多与故国相关，典型的如“闲梦远，南国正芳春”“多少恨，昨夜梦魂中”，再者，就是因为对故国生活的回望，从而诱发的对人生如梦的感慨，《子夜歌》当属这一类：

人生愁恨何能免？销魂独我情何限！故国梦重归，觉来双泪垂。

高楼谁与上？长记秋晴望。往事已成空，还如一梦中。

后人评李煜词“粗服乱头，不掩国色”，这首《子夜歌》便具有这种本色。词篇起句即论人生，言人生愁恨难免，故而人人有愁，人人有恨，但词人的愁恨与众不同——亡国之君思念故国之恸，并非每个人都能想象出来。他时刻思念的故国，只有梦中才能重见，梦醒后，除了“双泪垂”，别无他法。这种情感，与《浪淘沙》中“梦里不知身是客，一晌贪欢”的精神实质是相通的。

金陵岁月，他可以欣赏佳人舞点，拈花蕊嗅，踏月游园。宫廷生活奢华而喧闹，娱乐活动更是十分丰富，倘若君王愿意，他大可以从东方刚白尽兴游玩到星月当头。那时候他的梦里偶有伤感，却不过是悲春伤秋、伤时感事的小情怀，以给过分逸乐的帝王生活添一抹暗淡的色彩，毕竟人生有喜有悲、有爱有痛才算圆满。

但是后来，在“此中日夕，只以眼泪洗面”的囚徒日子里，日日夜夜见到的都是相同的人，相同的庭院，或许院中的花开了又败了，风雨起了又住了，梁燕去了没回来，这些琐碎的变化，不足以缓解他内心的痛。

梦乡，就成了最好的去处。

梦里不知身是客，哪怕一晌贪欢也令人沉迷，他不愿醒来。但，哪有不醒的梦呢？创作《浪淘沙》时的李煜，正在梦醒后无处可去的困境里狼狈挣扎。

这是个春雨飘落的夜晚。淅淅沥沥的雨打在芭蕉树上，打在窗棂上，惊醒了熟睡的李煜，也惊扰了他的美梦。他就这样不情不愿地，被硬生生地从南唐温柔乡中，拉回令人绝望的现实世界。美梦不再，惆怅顿生，似有人晕开一团浓墨，勾勾画画，涂涂抹抹，以至于连鲜丽明亮的春景也只剩黑白两色。

既是暮春，便是近夏，虽有冷雨叨扰，夜间难免有些许凉意，但还不至于让人畏寒，但词人拥着罗衾，仍觉抵不住五更天的浓浓寒意，实在是因为他心底那一份苦寒始终得不到熨帖。春意已阑珊，这一场雨后，不知又会有多少落红铺地。逝去的春色就像被惊醒的梦，又像被掠夺的故土，追不回，不可追。凄清雨声与阑珊春景，与词人心境恰恰重合，倍增凄苦之意。

他虽然已醒了，却更想假装自己还在梦中，这样才可以暂时逃避“汴京客”的屈辱身份。把“客”字含义说得直白些，便指在他人的地盘上：“他人”若为友，客为座上宾；“他人”若为敌，客是阶下囚。在李煜词中，满是客居他乡、寄人篱下的凄凉。

正因身是客，初到汴京，李煜不能不收敛起对自由的渴望，遵守北宋皇帝的命令，不奉旨意不能随便离开所居住的小院，即便门口只有一个年迈的老兵把守，也不敢擅自逾越；正因身是客，所以每逢和曾经跪在他面前的南唐旧臣相见时，对方行礼后，他还要还礼；正因身是客，他不能再以主人身份支配南唐财富，只能求宋太宗给他增加俸禄；正因身是客，无论宋太宗如何羞辱他，李煜都只能叩头谢恩，甚至连小周后被辱，他也只能忍气吞声。

只有在梦里，他才能逃离这一切，装作现实中的悲惨境遇才是一场梦魇。这虚伪的欢乐和放松，只有短暂一晌，尽欢之后，将是更加难耐的春寒。

他忘不了，独自凭栏远眺时，无限景色尽收眼底。可南唐的三千里地山河，已经成为北宋广袤国土的一部分，再不是他李氏江山，而他也不能在自己的土地上纵横驰骋了。江山在目，无边无涯，他却只有汴京城中一个被人忽略的角落，且还是慷慨的宋君恩赐的。还记得仓皇辞庙那日，他最后一次仔细打量着生活了半生的龙楼凤阁、玉树琼枝，与随侍的宫娥相对垂泪。分别时易，再见却难，对人是如此，对故土故国亦然。失落感、无力感瞬间滋生，每每让他痛苦不堪，所以词人一次次告诫自己："独自莫凭栏！"

凭栏处，见江山不在，见春去花残。春到尽头百花凋，浩浩流水带走残花，却带不走愁绪。"天上人间"，这是李煜自诉身世之语，道出他与欢乐人生的诀别，是对国破后巨大痛苦与遗憾的集中宣泄。明朝李攀龙用"悲悼万状"四字，道出"天上人间"之语的凄凉绝望。

在李煜思念故国的词作里，可见多数时候，更让他眷恋的是昔日的繁华和享乐，关乎小日子，少见家国天下，更无黎民苍生，也鲜有对个人过失的反思。《浪淘沙》词中"贪欢"二字，也是过分强调欢娱但少有悔改意味。

但由此更可见一个真实的李后主，他是千古词帝，却非合格政客。词中声声杜鹃啼血式的哀鸣，不为迎合世人的道德标准，也不为百世后的名声，全部是内心真实想法。梁启超先生曾说，中国韵文所表现的情感多以"含蓄蕴藉"为原则，要含蓄到如弹琴时的弦外之音，如吃橄榄时的回甘味儿，最引人遐思，为人乐道。但李煜词中偶尔突然迸发的强烈感情，显然不属于此类，梁启超先生称之为“奔迸的表情法”，这种情感浓而烈，一烧就烧到“白热度”，不修饰不隐瞒，最终收获了意外的美。

李煜的故国残梦里，虽然不具有为传统儒家激赏的明君圣主的感人力量，情感却依旧真挚动人，大抵是因为他笔端淌出的每一个字眼，都与其生命分劈不开。尤其到了后期，他不再怕“声闻于外”，不怕招来祸事，只顾把那些饱含血泪的情感呐喊出来，不吐不快。时而，情之所以感人，尤在“真”字。

错负流年，哀思国殇

乌夜啼·林花谢了春红

林花谢了春红，太匆匆。无奈朝来寒雨晚来风。

胭脂泪，留人醉，几时重。自是人生长恨水长东。

年华易逝、好景不常的紧迫感，在李煜词中从不少见。早期作品《子夜歌》中就有“寻春须是先春早，看花莫待花枝老”之句，道出流光容易把人抛的残酷现实，告诫人们要抓住有限时间及时行乐。遗憾的是，这种时不我待的紧迫感，并没有激发出李煜对治国的兴趣。他依然悠闲游荡，把美景收入眼帘，把美人留在身边，把良时攥在手里，唯独把偌大的国家，甩在身后。

等到他沦为阶下囚，再次抒发人生无常、世事多变的感慨，正值春花凋谢。春归花落是自然规律，李煜看到的落花不是一朵两朵，而是成片凋谢。那一片艳丽的红色，仿佛在瞬间枯萎——这分明是李煜身世的写照。

李煜在二十五岁时登上帝位，他并没想到手中皇权的有限期只有十四年，并没想到南唐王朝如此短命。当赵匡胤沙场练兵准备征讨时，李煜还在嘲笑宋军搭浮桥过江的想法如同儿戏，谁料短短两年后，赵字旗帜就插上了金陵高耸的城墙。然后他献城投降，连眼泪都来不及擦干，连仓皇都没有藏匿好，就匆匆辞庙，到了赵匡胤治下的汴京。

“太匆匆”三字，岂止单纯针对落红，还映照出李煜陡变的命运。这三个字构成的紧迫感，几乎拖拽着全词情感的节奏，让人有踉踉跄跄、左冲右突却不得章法的失衡与慌乱感。“朝来寒雨晚来风”，既是林花凋谢之因，对李煜本人而言，又可喻指强大的北宋如狂风暴雨，摧残了李煜的一枕好梦。

花本无意，人却有情。被摧残而落的花瓣上，隐约有雨滴滚动，晶莹闪烁，折射出雨后天晴的一抹光晕，还有落花虽残犹红的俏丽颜色，就像落红的一颗胭脂泪。花朵不愿离开枝头化作花泥，于是把不甘和留恋，寄托在醉人春风里，但落败已成事实，谁见过凋落的花重返枝头呢？李煜此时，已不再是那个年轻的仿佛还有能力改变一切的青年，继位之初最好的时光，已经被他荒废。

公元961年7月，李煜登基，他本名从嘉，继承皇位的瞬间，身着黄袍的他在文武百官的山呼海蹈中走向权力巅峰，就有了一个被寄予无限期望的新名字——李煜。

南唐自开国起，就有新君登基时改名的传统。南唐烈祖即李煜的祖父原名知诰，坐拥天下时改名“昪”，有明亮之意；元宗即李煜的父亲原名景通，承袭皇位时更名为“璟”，意为玉之光彩。皇位传到李从嘉，承袭祖法，也要改名。

文臣遍查典籍，最终大臣汤悦从扬雄的《太玄·元告》中择“日以煜乎昼，月以煜乎夜”两句，又从中请出“煜”字，有光明照耀之圣兆，以求新君新政新气象。

李煜初登帝位时，有过短暂的励精图治的想法。但长期和诗词歌舞打交道的他，很快对无休止的政事感到厌烦。再有官员进谏，他给对方以重赏，却把建议束之高阁，并不实行。在逐渐强大的宋朝的虎视眈眈下，南唐岌岌可危。但是，李煜除了向宋朝皇帝谦卑表示“自出胶痒，心疏利禄，被父兄之荫育，乐日月以优游，思追巢许之余尘，远慕夷齐之高义”，一味示弱，无其他实际作为。

本应趁着登基之初在臣民面前立威立信的他，错过了最好的机遇。之后，北宋逐一进攻江南诸国时，南唐又错过了与他国结盟的良机，甚至落井下石，奉赵匡胤之命，写信劝说南汉皇帝投降。等北宋军队兵临城下，李煜又火急火燎地给吴越国王写信，请他不要和北宋一起进攻南唐，信中言：“今日无我，明日岂有君？一旦今天子易地封赏，王亦大梁一布衣尔！”此时他终于明白了唇亡齿寒的道理，但南唐在“朝来寒雨晚来风”的政治氛围中，再无逆转的时机，就像在风雨中飘摇陨落的残花，再难重上枝头。

见落花而感慨自己的身世，最典型的非林黛玉莫属。这位多愁善感的林妹妹，见花谢生感叹，一曲《葬花词》，满是凄凉意，其中“一年三百六十日，风刀霜剑严相逼。明媚鲜妍能几时，一朝飘泊难寻觅”几句，虽不及“太匆匆”三字短促紧迫，但身世飘零的意味，显较《相见欢》要为浓烈。

但这正是李煜的高明处。眼见残红遍地，他的感慨已不仅仅局限于自己的身世。在“几时重”这声绝望呼号后，李煜抛开落花，也从身世际遇中跳脱出来，情感升华为对人生和自然的感悟，结句“自是人生长恨水长东”，骤添几分豪情与悲壮。

犹豫和怯懦是李煜在亡国前表现出的典型性格。在亡国后，他虽多了些寄不快于诗词的勇气，偶尔还会触怒宋朝皇帝，多数时候还是表达得相当隐晦。他把个人情怀寄托在惜春悲花中，道出风雨无情，人生无奈。这种“无奈”的剖白，却不同于此前的怯懦，又一丝看透世事的通达。春来春去没人能够阻止，除了怀着一份惋惜接受，还能有什么别的办法？北宋太平宰相晏殊有两句颇为著名的词："无可奈何花落去，似曾相识燕归来。"对光阴难留，好景不常的无奈，实是人类共通的情感。

李煜已丧国离家，除了通达地认命，他没有安身立命的更好方法。他已错过太多本可与北宋抗衡的机遇，这些机遇也再不会重现，后悔也无济于事，只能长叹："自是人生长恨水长东。"凄婉又引人思考，难怪王国维先生评价道："词至李后主而境界始大，感慨遂深，遂变伶工之词而为士大夫之词。"

几百年后，女词人李清照读到了李煜的《相见欢》。

清初韵学家沈谦在《填词杂说》中说道："男中李后主，女中李易安，极是当行本色。"虽是针对婉约词婉约清丽的本色而言，但也难得的把这两位词中翘楚联系到了一起，使人更容易联想到他们那略略相似的人生。

他们都曾有过"沉醉不知归路"的少年情怀：一个贵为皇子却不参与国事，心安理得地在金陵城中做个富贵闲人，寄情于诗词、山水之中；一个为名门闺秀却不识女红，在"女子无才便是德"的年代，张扬着不输男子的才气。

在父母之命、媒妁之言的约束下，他们却有幸得到了完满的爱情：李煜遇到了娥皇，李清照邂逅了赵明诚，纷纷谱写了琴瑟和谐的佳话。而后，命运陡然逆转，爱侣早逝，他们还没来得及从亡妻、丧夫的悲痛中缓过神来，便又遇国破的时代悲剧，帝王沦为阶下囚，受尽屈辱，孀妇离乡背井，流离失所。

每忆起意气风光的少年时，越感念后来的遭遇之惨痛，绝世才华化作泣血哀鸣。李煜和易安，都经历了生活的幸与不幸，本就心思细腻、多愁善感，丰富的人生体验又令他们把更多千回百转的心思注入辞章。妄加揣测，总感觉他们若能相见，必能引为知音。明戏曲家卓人月也曾感慨："后主、易安直是词中之妖，恨二李不相遇。"假若二李穿越时空而相遇，灼灼才华与郁郁悲痛相互碰撞，不知会在诗词的海洋激荡起何等壮观的浪潮！

原来，李清照果真"遇到"过李煜。易安居士曾认真研读李煜的词作，某一日，她读到了这首《相见欢》。同样爱极百花的易安并没有把目光停留在对"林花谢了春红"的感伤里，而是掩卷长叹："亡国之音哀以思。"

她读懂了那个落魄的帝王、潦倒的文人。

春花秋月，梦醒成空

虞美人·春花秋月何时了

春花秋月何时了，往事知多少。小楼昨夜又东风，故国不堪回首月明中。

雕阑玉砌应犹在，只是朱颜改。问君能有几多愁，恰似一江春水向东流。

一直设想，倘若未作此词，李煜最后当是怎样的死法；也曾想过，于他而言，怎样的死法才算是最好的。相传，此为李煜的绝命词。七夕日，他在府邸命歌姬演唱，声闻于外，宋太宗勃然大怒，遂赐牵机药毒死了他。

彼时，离家国沦丧之日已两年有余。当年，宋太祖的铁蹄并未踏破石头城，高筑的城墙仍为最后一道屏障，内中那个小国虽已苟延残喘，但国号仍为南唐。若此时殉国，战死则留一段佳话，即便自尽，也未失了帝王最后的骨气。

然而，生于深宫之中，长于妇人之手的李煜，骨子里少了凛冽寒风下生就的壮士情怀，只有似南方阴雨连绵时的不断哀婉，在错杀忠臣林仁肇等之后，城墙仍在，但他心里的最后一道防线却已然坍塌。石头城中一面白幡竖起，李煜可曾想过，那多么像出殡的场景!

当今人吟诵着这首《虞美人》，或会庆幸李煜选择了苟活，否则又有何人可开宋词之先？然而于李煜来说，虽成了词中帝王，却仍是囹圄困兽，说不清活下来到底是幸运，还是更大的不幸。

如果能自主选择，李煜或许并不希望绝命之作依“虞美人”词牌写成。

这一词牌最初是吟咏项羽宠妾虞姬的。才情如李煜，自然知道霸王别姬的故事。项羽被围垓下，四面楚歌，英雄末路，声泪俱下地高唱《垓下歌》：“力拔山兮气盖世，时不利兮骓不逝，骓不逝兮可奈何，虞兮虞兮奈若何？”项羽唱着霸王歌，虞姬拔剑而舞，遂成绝响。

因愧对故乡子弟兵，项羽不肯过江回乡，力战而亡。“西楚霸王”英名得全，而虞美人也被后世代代咏唱。项羽虽死，却博得千古英雄美名。连后世婉约词宗李清照亦为其写了一首豪迈大气的悼诗：“生当作人杰，死亦为鬼雄。至今思项羽，不肯过江东。”

亡国之际，李煜却又是怎样一番表现呢？

没有勾践忍辱复国的心胸，他本不该降；没有刘禅乐不思蜀的放纵，他本不该降。然而，他降了。在这之后，只能忍受亡国的屈辱，反复咀嚼痛苦与悔恨。累得小周后纵然殉情，也未能像虞姬一样成就一段佳话。

皓月皎皎当空照，岁月无情催人老。在那个东风又至小楼的夜晚，李煜可曾因他还活着而沮丧，可曾因最初偷生的选择而后悔？

即便春天繁花似锦，秋日明月当空，李煜也失了欣赏的雅兴。“春花秋月”本是能勾起人们美好联想的事物，然而，世界一切美好的事物，会不会如他的“三千里地山河，四十年来家国”一般，转头便成空？往事历历在目，这“春花秋月”，也终有完结的一天吧！

昨夜东风又起，想必春的气息已扑面而来，解冻的泥土都散发出了芬芳，然而，总可惜这里不是杂花生树、草长莺飞的江南。小楼上，李煜遥望故国的方向。思念总是发生在想要忘却的时候，故乡的物、故乡的人，全部不经意间爬上心头——昔日的白玉栏杆与雕梁画栋，不知还在否。只怕，曾经熟悉的旧人面容，今生已再难相见，便是侥幸重逢，都已尽是颓色。

今非昔比，早已换了人间，实难淡然处之。只好把心中一腔愁绪，付诸浩浩东流、无穷无尽的一江春水。

“最美丽的诗歌是最绝望的诗歌，有些不朽的篇章是纯粹的眼泪。”在李煜辞世近千年之后，法国人缪塞曾对文学的“不朽”做出这样的注解。这首《虞美人》，当得起这样的评价。

李煜能直言的往事，似乎只有对故国宫殿的怀念，而更深的不甘与屈辱，却不能说。被押进京后，在开封明德门下，他伏在地上，用九个响头换取了“违命侯”的封号，得以不死，亡国之君，那份屈辱怎能言、对谁言？曾经，小周曾“刬袜下香阶，手提金缕鞋”来幽会与他，而今，曾被拥在怀的美人已被封为“郑国夫人”，为赵光义所霸，他只能装作不知。

自古以来，为了保护两样东西，好男儿必拼死一战——一为脚下土地，二为怀中女人。李煜二者皆失，生亦何欢！

只能在“梦里不知身是客，一晌贪欢”的饮鸩止渴中混沌度日，然而那些清醒的日子，就更加难熬了。

《虞美人》词中连缀的，原本俱是美好意象，勾勒成形，却成了一幅沉郁到极致的画面。贯穿其中的，是李煜这位亡国之君反复咀嚼痛苦后的情思。唐圭璋先生在《李后主评传》说：“他身为国主，富贵繁华到了极点；而身经亡国，繁华消歇，不堪回首，悲哀也到了极点。正因为他一人经过这种极端的悲乐，遂使他在文学上的收成，也格外光荣而伟大。在欢乐的词里，我们看见一朵朵美丽之花；在悲哀的词里，我们看见一缕缕的血痕泪痕。”实是一语中的。

历史不相信眼泪，李煜注定是个失败的君王。

同是亡国之君，同样是作词比做帝王更好，南朝的陈后主陈叔宝却有迥异的结局。

陈叔宝有一首《玉树后庭花》，与李煜幽会小周后的《菩萨蛮》相比，所彰显的文采风流毫不逊色。

丽宇芳林对高阁，新装艳质本倾城；
映户凝娇乍不进，出帷含态笑相迎。
妖姬脸似花含露，玉树流光照后庭；
花开花落不长久，落红满地归寂中！

据传，这首诗是陈后主为歌妓出身的宠妃所作，流传坊间。自唐朝诗人杜牧在《泊秦淮》赋诗云“商女不知亡国恨，隔江犹唱《后庭花》”之后，《玉树后庭花》即被视为亡国之音。陈叔宝生活奢侈，日日与嫔妃饮酒作乐，喜谱艳词，他被隋军俘虏后，毫无故国之思，甚至曾作诗建议隋炀帝封禅：“日月光天德，山川壮帝居，太平无以报，愿上东封书。”

面对灭亡自己国家的敌人，尚能如此大张旗鼓地歌功颂德，实令人不齿，但也正因如此，陈叔宝才能得善终。李煜毕竟不是陈叔宝，一首《虞美人》竟成了他为自己提前写就的墓志铭。听闻《虞美人》之歌，宋太宗派南唐旧臣前去探虚实，旧人面前，李煜的一腔悔恨未做丝毫遮掩。

一个虽懦弱仍留有棱角的人，宋太宗终归是容不下的。

不过，历史总是公平的。正因为不像李煜有那么深重的愁思，陈叔宝降隋后，再无艺术成就更高的词作传世。

李煜被毒死后的第一百四十九年，宋太宗的后人宋徽宗赵佶也写了一曲《燕山亭》，他像李煜一样，以词为花为酒为纸钱，凭吊那“别时容易见时难”的无限江山：

裁剪冰绡，轻叠数重，淡著胭脂匀注。新样靓妆，艳溢香融，羞杀蕊珠宫女。易得凋零，更多少无情风雨。愁苦。问院落凄凉，几番春暮。

凭寄离恨重重，这双燕，何曾会人言语。天遥地远，万

水千山，知他故宫何处。怎不思量，除梦里有时曾去。无据。和梦也新来不做。

北宋都城是在1127年被金人的铁骑踏破的，宋徽宗和他的儿子钦宗赵恒都被金军俘虏。在被押往金地途中，徽宗见杏花开得灿烂，触景伤怀，做了此词。冷艳的杏花居然让天上的仙女都自愧不如，然而娇美若斯，却在风雨中纷纷凋零，这无异于宋徽宗自身处境的写照。离别之痛、亡国之痛无处寄托，不忍思量，只能梦中重回，但最近，却连梦都没有了。今夕悬殊，触景伤情，与李煜“恰似一江春水向东流”的哀愁，实是一般无二。

宋徽宗书画、音律、填词等无一不通，元代脱脱在其所撰的《宋史》中曾叹曰：“宋徽宗诸事皆能，独不能为君耳！”李煜何尝不是如此？

不论是宋太祖赵匡胤指挥千军万马踏破金陵城时，还是嘴角挂着得意笑容享受地目睹李煜肉袒出降时，抑或宋太宗赵光义赐下一杯牵机药时，定然都没有想到，一百多年后，其后人的命运，竟会与李煜的人生吊诡样重合。